tredition
www.tredition.de

AF618507

Rene Urbasik

Das Leben ist ein Minenfeld

www.tredition.de

Verlag: tredition GmbH, Hamburg

ISBN
Paperback: 978-3-7323-4440-6
Hardcover: 978-3-7323-4441-3
e-Book: 978-3-7323-4442-0

Printed in Germany

An einem lausig kalten, zu allem Übel auch noch verregneten Freitagnachmittag, fuhr ich nach Hildesheim, um Ingeborg zu treffen.

Zuvor hatten wir zweimal miteinander telefoniert und etliche Mails ausgetauscht.

Drei Treffen hatte Sie im letzten Moment platzen lassen. Das Rahmenprogramm für unser Kennenlernen - Wochenende wurde, ebenfalls von Ihrer Seite, mehrfach verändert.

Verändert ist in diesem Fall ein zu belangloser Ausdruck für das radikale Korrigieren des eingeschlagenen Kurses.

Ingeborgs Interessen mochten zwar vielschichtig sein, hartnäckiges Verfolgen eines Zieles sah jedoch anders aus.

Der Besuch des Mittelalter - Marktes musste der Teilnahme an einer Demonstration gegen Tierversuche weichen. Das Schicksal von Fischotter und Zwergkaninchen war plötzlich uninteressant, im Gegensatz zu einer Politiker - Talkrunde im hiesigen Rathaus.

Als wir einander trafen, überraschte Sie mich kurz nach dem ersten „Hallo", mit der Idee, die geplante Debatten - Schlacht sausen zu lassen und stattdessen ein Ska Konzert zu besuchen.

Meine Zustimmung bereits im Vorfeld außer Frage stellend, hatte die junge Dame bereits zwei Tickets erstanden. Wollte ich nicht von vorneherein den Querulanten geben, hatte ich mich gefälligst zu beugen.

Keine Ahnung, was ich davon halten sollte.

Ich konnte mit der Musikrichtung herzlich wenig anfangen aber das hielt ich lieber für mich und mimte stattdessen den Begeisterten. In meinem Langzeit - Gedächtnis suchte und fand ich sogar noch die Namen von besonders publiken Vertretern dieses Genres. Madness und ihr unverwüstliches „A House" und mit „Ska

P" einen weiteren Vertreter gleicher, musikalischer Wurzeln, der mich endgültig zum Experten machte.

Heute könnte ich nicht mehr mit völliger Gewissheit sagen, wer an jenem Freitagabend sein Gastspiel im „Glashaus" gab. Ich hatte genügend Probleme, mich hinsichtlich der Bühnenshow zu orientieren.

In meinem Leben musste alles eine feste Ordnung haben und nach allgemein gültigen Regeln verlaufen. Ein Präzessionsuhrwerk, wie ein Schweizer „Maurice Lacroix" - Wecker.

Ein musikalisches Duo bestand aus zwei Parteien, ein Trio, logischerweise aus Dreien und eine herkömmliche Band durfte zwischen vier und fünf Musikern umfassen. Idealerweise aus fünf; das kam meiner Vorstellung einer klassischen Rock - Formation am nächsten. Leadsänger, Bassist, E – Gitarre, Drummer und Keyboard. So hatte eine Combo gefälligst auszusehen.

Was aber bitte schön hatten zehn verdammte Musiker auf einer Bühne zu suchen? Das war doch hirnrissig. Davon alleine drei Trompeter. Kein Leadsänger, sondern sich abwechselnde Sänger. Eine Performance, die aus Hüpfen und Springen bestand.

Ein Alptraum für jeden konventionellen Konzertbesucher.

Ingeborg hatte schon bald Anschluss gefunden.

Nein, nicht etwa mich, ihren ausdrücklichen Besucher, sondern zwei Freunde von ihr, die sie wer weiß woher kannte.

Wenigstens hatte sie so viel Anstand, mir die beiden Paradiesvögel vorzustellen.

Die Lautstärke der Band war schuld daran, dass ich die Namen der zwei Gestalten nicht recht verstand. Irgendetwas wie „Piet" und „Keule".

Da ich nicht unhöflich erscheinen wollte, schrie ich dreimal gegen den Höllensound an.

„Wie bitte? Entschuldige, ich habe deinen Namen leider nicht verstanden. Kannst du ihn noch einmal wiederholen?"

Von einem der Neandertaler bekam ich eine Ladung Speichel ins Gesicht, bei dessen Versuch sich verständlich zu machen. Dankeschön auch.

Also nickte ich nur, nuschelte „Angenehm" und wand mich wieder dem Bühnengeschehen zu.

Hoffentlich wollten die zwei nicht noch Konversation machen.

Während einer Showpause stellte ich mich an die Bar und bestellte ein alkoholfreies Bier.

„Sag bloß, du trinkst bleifrei? Willst du heute noch irgendwo hin?"

Die Worte sprach Ingeborg, irgendein Mixgetränk in der Hand. Wodka - Cola oder etwas mit Bacardi.

Wahrscheinlich war das auch nicht ihr erster Drink. Sie wirkte in einer Mischung aus Euphorie und Überdrehtheit benebelt und schwerfällig.

„Und wie findest du die Band? Geht doch gut ab, was?"

„Ähem ja, auf alle Fälle."

Derjenige, der soeben diese dreiste Lüge ausgesprochen hatte, war meine Wenigkeit.

Ehe wir noch weitere Belanglosigkeiten austauschen konnten, setzte die Musik wieder ein.

Es schien sich bei dieser Darbietung um so etwas wie einen der Riesenhits dieser Combo zu handeln, denn das Publikum bekam sich gar nicht wieder ein, vor lauter „oh" und „Ah".

Da durfte auch meine feierfreudige Begleiterin nicht fehlen.

„Geil ey, hörst du das? Sie spielen das Lied".

Noch ehe ich meine Zustimmung und ehrliche Freude zum Ausdruck bringen konnte, wurde Ingeborg von ihren beiden Primatenfreunden mitgerissen, wie von einem Hurrikan und fand sich kurz darauf auf der Tanzfläche wieder.

Keine Ahnung, ob die Tanzeinlage meiner neuen Bekannten Standartausdruck dieser Musikrichtung war oder dem zuvor konsumierten Alkohol Rechnung trug. Selten war das Wort „Fremdschämen" angebrachter.

Ich verließ kurzzeitig den Tempel der Exzesse, um frische Luft zu schnappen.

Was ich von der ganzen Sache halten sollte? Keinen Schimmer. Ohnehin hatte ich mein Gehirn mittlerweile auf Stand-by geschaltet, so dass ich den Verlauf des Abends wie in Trance erlebte. Irgendwie unwirklich, wie durch eine Nebelwand.

Da drinnen schien die Band mittlerweile bei der Zugabe angekommen zu sein. Das Publikum gab noch einmal alles. Endlich war es geschafft. Das Konzert war vorbei.

Nur noch gedämpfter Sound war zu vernehmen. Wahrscheinlich irgendwas vom Band, um das Abbauen der PA durch die Rowdys spannender zu gestalten.

Schon kamen die ersten Konzertbesucher aus der Halle herausgeströmt. Heisere; krächzende Laute, wo man auch hin hörte. Wahrscheinlich zu viel mitgesungen, Freunde der Nacht. Haha, selbst schuld.

Mein Plan war, dass Mädchen vor der Konzerthalle abzufangen. Sie würde jeden Augenblick mit dem Pulk der anderen Musik Liebhabern ausgespuckt werden. Soweit die Theorie.

Der Menschenstrom wurde immer dünner und dann waren da nur noch einzelne Tropfen von verschwitzten Ska - Fans.

Wer nicht aus dem Gebäude kam war Ingeborg.

Das war jetzt extrem nervig – keine Frage. Ich war todmüde und gereizt und um meine Pein noch zu steigern, öffnete der liebe Gott auch noch seine Himmelspforte und ließ es regnen.

Ich hielt mich zu selten in der Natur auf. Scheinbar war es mir vollkommen entgangen, wie schnell aus Nieselregen Platzregen werden konnte.

Schon stand ich durchgeweicht bis auf die Unterwäsche da und ärgerte mich zutiefst, diese Reise heute Nachmittag angetreten zu haben.

Blöderweise hatte ich meinen Rucksack bereits in der Wohnung meiner neuen Bekannten geparkt. Noch blöder war, dass sich in dem Rucksack die Autoschlüssel meines Fords Focus befanden. Also keine Chance einfach das Weite zu suchen.

Ich begab mich noch einmal in das Konzerthaus, um nach Ingeborg zu schauen. Dabei hatte ich Glück, dass mich der renitente Türwächter überhaupt noch einmal hereinließ.

„Ey Mann, die Party ist vorbei. Hörst du schlecht? Geh mal nach Hause und schlaf deinen Rausch aus."

Nur zur Erinnerung. Ich hatte den ganzen Abend über lediglich alkoholfreies Weißbier getrunken.

„Entschuldigen Sie, meine Bekannte ist noch da drin. Ich muss die dringend finden, sonst habe ich ein echtes Problem."

Der Muskelheini sah mich verständnisvoll an.

„Ach so. Probleme. Sag das doch gleich. Ein Glück bist du der Einzige auf der Welt, der Probleme hat.

Also noch einmal zum Mitschreiben. Da drinnen ist jetzt kein Mensch mehr, außer den Rowdys und den Putzfrauen. Ist deine Bekannte eines von beiden?"

„Ähem; ich glaube nicht."

Er lächelte mich mit einer vielsagenden Miene an.

„Siehst du und aus diesem Grund bleibst du draußen."

Irgendwie gelang es mir doch noch sein Anabolikaherz zu erweichen und er ließ mich für den Bruchteil einer Sekunde einen Blick in den Konzertsaal werfen.

Dieser kurze Moment reichte bereits völlig aus, um mir ein Bild über die Lage zu machen.

„Da vorn ist sie" rief ich ganz aufgeregt.

„Und ich hab dich noch gefragt ob deine Bekannte zu den Putzen gehört. Ist dir wohl peinlich was? Denkst bist was Besseres oder? Hör mal her, du halber Hahn. Meine Oma ist auch Putzfrau gewesen und war ´n verdammt anständiger Mensch. Typen wie du sind dermaßen zum kotzen."

Befand ich mich gerade im falschen Film oder wirkte alkoholfreies Weißbier halluzinierend auf mich. Schlechte Hopfen Ernte dieses Jahr oder was auch immer.

Meine liebe, neue Bekannte hielt tatsächlich einen großen Kehrbesen in der Hand und war dabei Plastikbecher und achtlos weggeworfene Papiertaschentücher zusammen zu kehren.

Unterstützt wurde sie bei dieser Aktion von einer etwa gleichaltrigen Dame, die tatsächlich dem Putzgeschäft anzugehören schien. Jedenfalls vermittelte ihre Arbeitskleidung und der professionelle Arbeitsstil diesen Eindruck.

Als Ingeborg kurz den Kopf hob erblickte sie mich und winkte herüber.

Ich winkte sie zu mir und sie kam lächelnd und einer gehörigen Schlagseite angeschlendert.

„Entschuldigung, was soll das denn sein, was du da gerade machst?"

Ich versuchte meine Wut zu unterdrücken und freundlich zu klingen.

Sie deutete zu der zweiten Dame und lallte: „Das ist Ludmila. Sie kommt aus Georgien und studiert an der Uni Biologie. Leider hat sie nicht viel Geld und muss sich mit putzen über Wasser halten. Da habe ich mir gedacht, ich helfe ihr ein bisschen, damit sie schneller fertig ist und auch noch etwas vom Abend hat."

Im sicheren Gefühl, gerade eine echte Heldentat zu begehen und zur Mutter Theresa von Hildesheim gekürt zu werden, strahlte mich Ingeborg an, wie tausend Sonnen gleichzeitig.

Inzwischen war die Dame aus Georgien hinter ihre selbstlose Helferin getreten und riss ihr mit rollenden Augen den Besen aus der Hand.

„Gib das endlich her. Ich sagte schon zwei Mal" krächzte sie böse.

„Ich werde bezahlt für Stunden, nicht kapieren? Wenn früh Feierabend, weniger Geld. Wenn du helfen, schnell fertig. Nix gut."

Wutentbrannt entfernte sie sich wieder und ging ihrer Arbeit nach.

Ingeborg grinste einfach weiter wie ein Honigkuchenpferd, lallte dann nur: „Na dann können wir ja jetzt gehen."

Das war das Signal, auf das ich so lange gewartet hatte.

Zum Glück war es nicht allzu weit vom Konzerthaus zu ihrer Wohnung.

Das Mädchen, welches ich erst vor ein paar Stunden kennengelernt hatte, präsentierte sich von ihrer Schokoladenseite.

Sie hatte sich mittlerweile bei mir untergehakt, weil sie kaum noch in der Lage war, selbstständig zu laufen.

Ich schätzte sie auf 1, 75 cm, bei einem ungefähren Gewicht von 65 Kilogramm. Alleine die Locken auf ihren Kopf brachten locker zwei Kilo auf die Waage.

Da ich weder Bodybuilder noch Spitzensportler war, fiel es mir nicht wirklich leicht, dass betrunkene Mädchen, mit dem unkontrollierten Gang, zu stützen.

Wenn sie sprach, hatte ich echte Mühe sie zu verstehen. Ihre Worte waren nur noch eine Mischung aus Gekicher und zusammenhanglosen Geplapper.

Wir mussten einen wirklichen tollen Anblick abgegeben haben, wie wir mitten im Regen, durch die nächtliche Altstadt von Hildesheim umher wankten, wie zwei Zombies.

Was hatte ich mir alles von diesem Tag versprochen. Eine nette Dame treffen, unkomplizierte Konversationen führen, vor allem über unsere geplante Reise sprechen.

Stattdessen hatte ich nun einen großen, alkoholisierten Fisch am Haken, mit dem man in der augenblicklichen Lage, keinerlei Gespräche führen konnte… und wollte.

Nicht etwa, dass dies schon alles gewesen wäre. Dem seltsam konfusen Tag fehlte noch ein Häubchen Sahne als Zuschlag. Ohne Nachtisch sollte man nicht zu Bett gehen.

Endlich waren wir in Ingeborgs Heimathafen angekommen. Nichts spektakuläres, so wie erwartet.

Ein baufälliges Altstadt - Quartier aus dem vorigen Jahrhundert. An den Bürgersteigen Gebrauchtwagen, nicht über eine Wertmarke von 4000 Euronen. Hier und da rostige Klappräder ohne Schloss. Wozu auch.

Typisches Rentnerstadl oder Studentenzuflucht, aufgrund der geringen Miete.

Na für eine Nacht sollte es reichen, und nachts sind bekanntlich alle Katzen grau. Ohnehin war ich jetzt platt wie selten zuvor. Wurde Zeit das ich ins Bett kam.

Ingeborg wühlte eine gefühlte Ewigkeit in ihrer Handtasche herum, bis sie endlich den Haustürschlüssel fand.

Kaum standen wir im Flur deutete das Mädchen mit der Hand geradeaus und nuschelte: „Geh schon mal Wohnzimmer, komme gleich, muss mal dringend."

Dann verschwand sie hinter eines der Türen, die vom langen Flur abgingen. Ich vernahm heisere Würgegeräusche und trollte mich aus Scham in die angegebene Richtung.

So, dass war also das Wohnzimmer. Stockfinster und es roch nach kalten Zigarettenqualm. Der Himmel für jeden Nichtraucher wie mich.

Ich tastete die Wand ab nach einem Lichtschalter und schon wurde der spartanisch eingerichtete

Wohnraum erleuchtet.

Na schau mal einer her, hier hatte der Innenarchitekt ganze Arbeit geleistet. Uralt Tapeten mit Steinzeitmuster, prähistorische Gardinen und, na klar, komplettiert wurde das Ganze von einem Mobiliar Experiment aus den Zeiten, als Schokoriegel noch 5 Cent kosteten.

Alles schien an seinen rechten Fleck zu stehen. Vitrine, darauf der Fernsehapparat, Ausziehtisch, zwei abgewetzte Sessel, eine Couch, auf der ein nackter Mann lag.

Also kein Grund zur...

Ein was? Ein nackter Mann in Ingeborgs Wohnzimmer???

Nein, kein lustiger Streich meines Kleinhirnes, auch keine Übermüdungserscheinungen - der Kerl war echt - und nackt dazu.

Ich stieß einen spitzen Schrei der Überraschung aus.

Schon stand Ingeborg an meiner Seite und gab mir einen beruhigenden Klaps auf den Hintern.

Sie war jetzt wieder um einiges nüchterner als zuvor. Was ein paar Spitzer Wasser ins Gesicht und ein Finger in den Hals alles bewirken können.

„Tschuldigung, hab ich vergessen zu erwähnen. Das ist Klaus, der Maurer. Ein Bekannter von mir. Der hat meinen Zweitschlüssel für die Wohnung. Ich habe ihn erlaubt hin und wieder vorbei zu kommen und hier zu pennen. Weiß auch nicht warum aber der steht total auf meine Couch. Sagt, dass er nirgendwo so gut schläft wie auf dieser Couch. Wollte sie ihm schon verkaufen aber er meint, dann würde die Couch ihren Zauber verlieren."

„Lass mich raten. Der Zauber verfliegt ebenfalls, wenn er sich etwas anzieht oder?"

Das waren meine Worte und ich deutete beschämt auf das Adamskostüm des Eindringlings.

Dieser erwachte nun aus seinem Schönheitsschlaf und sah mich entgeistert an.

„Wer ist das denn? Verdammt, Ingeborg, du musst mir doch sagen, wenn du Besuch mitbringst. Der hätte mich fast zu Tode erschrocken."

„Sorry" murmelte das Mädchen „hab ich ganz vergessen."

Irgendwie kam ich bei diesem seltsamen Beziehungsgeflecht nicht mehr mit.

Entgegen meiner sonstigen Gandhi – Natur musste ich diese Widersprüche auch spontan ansprechen.

„Moment" wand ich mich dem Maurer zu „warum soll Ingeborg dich darüber informieren, wann sie Besuch mitbringt und das auch noch in ihrer eigenen Wohnung. Normal solltest du sie informieren, wenn du hier uneingeladen aufschlägst und dann auch noch blank ziehst."

Der Maurer und Ingeborg starrten sich gegenseitig eine Minute an und ich sah förmlich ihre Gehirnwindungen arbeiten. Beide versuchten die Situation zu transzendieren. Scheinbar gelang ihnen dies zur gleichen Zeit, denn die zwei platzen im Duo mit einem „Stimmt" heraus.

„Und weiter?" fragte ich und sah den Maurer herausfordernd an.

Der etwa 55 Jahre alte Hänfling, bereits komplett weißhaarig, wusste sofort, was die Stunde geschlagen hatte.

„Okay. Ich geh ja schon. Nun zufrieden?"

Er wartete nicht erst auf eine Antwort meinerseits, schlüpfte in die am Boden liegende Arbeitskleidung, warf Ingeborg noch einen raschen Gruß zu und verließ rasch die Wohnung.

Ich warf abwechselnd einen Blick auf die leere Couch und dann auf Ingeborg. Was zum Teufel?

Ich war komplett durch den Wind. Abgründe taten sich mir auf. Mit wem hatte ich mich da nur eingelassen?

„Nette Bekannte hast du" sprach ich endlich und versuchte dabei, so lässig wie möglich zu klingen

„ein wenig originell aber jedem das Seine."

Das Mädchen zuckte kurz mit den Schultern und grinste dann: „Ja echt. Findest du auch? Besser als irgendwelche Langweiler, die den ganzen Abend nur uninteressanten Müll labern, was?"

„Wo hast du das Herzchen denn kennengelernt?" fragte ich wie beiläufig.

Dabei interessierte es mich wirklich, wo man solche Exemplare für gewöhnlich antraf.

Ich selbst hatte solche Leute nie zuvor persönlich kennengelernt, aber ich trieb mich auch kaum jemals in psychotherapeutischen Einrichtungen herum.

„Ja das ist ganz einfach zu erklären. Der Klaus hatte nebenan mal einen Auftrag und weil die Mieter es noch nicht einmal für nötig hielten, ihn in der Arbeitspause mit Essen und Trinken zu versorgen, habe ich ihn halt eingeladen und ihn bei mir bekocht. Und weil er sich eine neue Couch kaufen wollte, hat er kurz auf meiner Probe gelegen und so ist der Stein ins Rollen gekommen."

„Du schläfst aber nicht mit ihm" platzte es aus mir heraus.

Normalerweise bewahre ich gerade bei ersten Treffen gerne die Contenance aber jetzt war meine Neugierde doch zu groß.

Ingeborg lachte kurz und heftig ab und ruderte wild mit den Armen, so als wolle sie lästige Insekten vertreiben.

„Gott bewahre, nein. Der hat mich nie an gegraben oder Avancen gemacht. Wahrscheinlich ist er sogar schwul."

„Dass er nackt auf deiner Couch liegt, macht dir also überhaupt nichts aus. Immerhin sitzt oder liegst du doch auch hin und wieder darauf."

Das Mädchen zuckte nur mit den Schultern.

„Ist mir wirklich egal. Ist halt seine Marotte. Außerdem gibt es schlimmeres als der Anblick eines nackten Mannes. Also dann, ich gehe ins Bett. Bin hundemüde. Was ist mit dir?"

Ich brauchte nicht eine Sekunde zu überlegen.

„Ähem, wo soll ich schlafen?"

Mein Blick wanderte hinüber zur Schlafcouch, auf der sich noch vor wenigen Augenblicken ein wunderlicher nackter Handwerker geräkelt hatte und ich schluckte schwer.

Ingeborg bemerkte die Angst in meinen Augen und kicherte.

„Nee du, ich hab´ n Gästezimmer. Erste Tür rechts und nicht verwechseln mit zweite Tür links. Das ist mein Zimmer. Nicht das du noch auf dumme Gedanken kommst. Ich meine, ich kenne dich ja kaum. Da muss ich meine Prinzipien bewahren. Gute Nacht."

Na also. War also doch alles in Ordnung mit meiner neuen Bekannten. Ich hatte schon meine Befürchtungen. Noch besser wäre es gewesen, wenn es auch zu ihren Prinzipien gehört hätte, sich nicht gleich beim ersten Rendezvous volllaufen zu lassen und zwielichtige Gestalten Einlass zu gewähren.

Sei ´s drum. Mein ganzer Körper schrie nach Schlaf und ich war nicht bereit, ihn diesen vorzuenthalten.

Ich schaltete noch die Musikanlage aus, was eigentlich der Hausherrin Aufgabe gewesen wäre.

Musikgeschmack schienen entweder Ingeborg oder der Maurer immerhin zu besitzen. Aus den Boxen tönte leise ein echter Klassiker der Gothic - Szene. Die wunderbar melancholische Scheibe „Rainland" von den Jesus and Mary Chain, dem musikalischen Geschwisterpaar aus Detroit.

Ich habe diese CD bis dato geliebt, doch seit diesem Abend stand sie immer im Zusammenhang mit dem mickrigen Männergenital eines schrulligen Bauarbeiters. Das hat mir dieses Album für immer verdorben. Nie wieder werde ich den herrlichen Melodien lauschen können, ohne an gewisse, für mich traumatische, Erlebnisse denken zu müssen.

Kapitel 1

Gut möglich, dass jetzt einige Leser etwas ratlos dreinblicken.

Immerhin, ein recht turbulenter Einstieg in diese heitere Literatur. Aber was sollte das Ganze?

Irgendwie klingen meine Erlebnisse in Hildesheim ziemlich zusammenhanglos oder?

Wer so denkt, hat selbstverständlich Unrecht. In der Welt der Oper nennt sich das Ouvertüre, also den Auftakt zu einer größeren Einheit.

Hier also die Auflösung auf die Frage *„Wie alles begann"*.

Ich gehöre, was nicht ungewöhnlich ist, zu den ca. 25 Millionen Deutschen, die betreffs ihrer Freizeitvorlieben angeben, gerne zu verreisen.

1980 waren es statistisch gesehen, noch 2 Millionen meiner Landsleute, die ins Ausland fuhren, um sich in der Sonne zu rösten, im Meer zu baden oder die Kultur der Einheimischen kennenzulernen.

1990 waren es bereits 6 Millionen und zur Milleniumswende gar 12 Millionen.

Der Trend hält unvermindert an.

Mehr als 20 Reiseanbieter buhlen um Kunden, nicht weniger als 2 Millionen Deutsche verdienen durch Reiseportale ihre Brötchen.

Mit meinen verflossenen Lebensabschnittspartnerinnen unternahm ich für gewöhnlich mindestens 2 Exkursionen pro Jahr. Rekordhalterin war Vanessa aus Bremerhaven, die es schaffte, gleich sieben Auslandsaufenthalte an meiner Seite, in nur einem Jahr zu überstehen. Das war in meiner glanzvollen Zeit als Schüler gewesen. Ich hatte massig Zeit und dank Omas finanzieller Zuwendungen genügend Kohle für all die aufwändigen Reisen.

Möglich dass dieser Länder – Marathon etwas zu viel für Vanessa gewesen war, denn kurz darauf gab sie mir den Laufpass. „Aus Gründen verschiedener Auffassungen zum Thema Beziehung" wie sie damals sagte, beziehungsweise auf ein Stück Toilettenpapier schrieb, dass sie mir auf den Küchentisch legte, bevor sie mich verließ.

Sie ging aber meine Sehnsucht nach der Ferne blieb.

Nun war ich bereits das vierte Jahr in Folge Single, ein Umstand, der mir keine schlaflosen Nächte bereitete.

Ich kannte einige Leute, die fieberhaft auf der Suche nach einer neuen Romanze waren und dabei jeden bekannten Fehler bei der Auswahl des Partners machten, den es so gab.

Oft lässt sich schon nach relativ kurzer Beziehungsdauer abschätzen, dass die Verbindung als Rohrkrepierer enden wird, bevor das Schiff der Träume so richtig Fahrt aufgenommen hat. Zu verschieden die Charaktere, ungleiche Wertigkeiten und zu wenig ausgeprägt die Bereitschaft, sich mit und für den Anderen zu ändern. Kompromissbereitschaft? Fehlanzeige!

Trotzdem wurden es viele meiner Bekannten nicht leid, unglückliche Liaisons einem Leben als sorgenloser Junggeselle vorzuziehen.

Das Single – Dasein schien ihnen einer gefährlichen Krankheit gleich zu kommen. Ein Makel, ein Anderssein, einer Anomalie. Wie leicht wurde man im Bekanntenkreis für einen Sonderling gehalten. Jemand, der sich nicht für das andere Geschlecht interessierte, beziehungsgestört – oder unfähig war, schlicht ein Misanthrop, der archaische Verhaltensmuster unserer Gesellschaft ablehnte.

In den vier Jahren meiner amourösen Enthaltsamkeit sorgten sich ständig mein gesamter Bekannten – und Verwandtenkreis um mein Wohlergehen.

Wie oft durfte ich mir von meinen Eltern den Satz anhören: „Ach Junge, wieso findest du denn keine Freundin? Du siehst doch gut aus und bist nicht dumm."

Kaum hatte man diese Frage mit ein paar Plattitüden abgewickelt, folgte auch schon die nächste Litanei meiner Erzeuger: „Ach warum bist du nicht wie dein Bruder. Der ist jetzt schon seit 17 Jahren in festen Händen. Wärst du nur noch mit der Anne zusammen. Das war solch ein liebes Mädel."

´Ja und außerdem hatte sie noch einen ziemlichen Sockenschuss mit ihrem Schlankheitswahn und ihrer ewigen Nörgelei´.

Das sprach ich gar nicht erst laut aus. Für meine Mutter war Anne eine Heilige, und jedes böse Wort über sie kam einer Kriegserklärung gleich.

Also einmal ein trauriges, schuldbewusstes Gesicht aufgesetzt und dann schnell wieder entspannenden Themen zugewandt. „Sag mal Mudder, ist das Kleid neu? Macht dich glatt 10 Jahre jünger."

„Heinz, hast du gehört, was dein Sohn gesagt hat? Wieso kannst du nicht auch mal solche Komplimente machen."

Schon hatte sie ein neues Opfer gefunden und ich meine Ruhe.

Mein Freundeskreis versuchte mich ebenfalls ständig zu verkuppeln. Lästig war das. Wer eine solche Horrorshow voller Peinlichkeiten nie am eigenen Leib erfahren musste, schätze sich glücklich.

Wie oft kam es vor, dass ich mich einfach nur völlig zwanglos mit einem Kumpel zum Kaffeetrinken oder Kinogehen verabredete und (was für ein Zufall) dieser dann mit einer unsicher lächelnden Dame im Schlepptau auftauchte. Der ganze, schöne Abend war dann jedes Mal für die Katz, weil immerfort das unsichtbar Motto „Bindungsversuch, die Erste" im Raum stand.

Manchmal traute ich mich schon nicht mehr aus dem Haus, aus Angst, wieder in solch eine arglistige Falle zu tappen.

Wie schon erwähnt, war ich nicht sonderlich unglücklich mit meinem Junggesellenleben.

´Ja und weiter´ höre ich schon die ungeduldigen Leser rufen ´ was hat dein langweiliger Single - Report mit dem Reisen zu tun? ´

´ Gemach´ entgegne ich ´ seid nicht so schrecklich ungeduldig´.

Ledig, wie ich nun mal war, wollte ich trotzdem nicht auf mein geliebtes Hobby verzichten.

So machte ich aus der Not eine Tugend und fuhr erstmals allein in den Urlaub.

Keine große Sache, eine Woche Ibiza und doch hinterließ dieser Solo Trip einen faden Beigeschmack.

Es fehlte immer jemand, mit dem man die Erlebnisse, auf fremdem Territorium, teilen konnte, mit dem man sich austauschte und der eigene Ideen beisteuerte.

Ich hatte mich für Halbpension entschieden und saß allabendlich allein und isoliert an meinen Tisch und beeilte mich mit dem Essen, damit ich mich rasch wieder auf´ s Zimmer trollen konnte.

Die Blicke der anderen schienen mich immer irgendwie durchbohren zu wollen und die Fragen, was ich denn wohl für ein Freak sei, standen ihnen auf der Stirn geschrieben. Wahrscheinlich war das völliger Blödsinn und die anderen genossen einfach ihren gemeinsamen Urlaub und verschwendeten nicht einen Gedanken an einen Eremiten wie mich. Trotzdem fühlte ich mich unwohl in meiner Haut.

Alleinreisende wirken immer irgendwie suspekt. Ungesellige Einzelgänger? Seltsamer Vogel, der von seiner Umwelt gemieden wurde? Ansteckungsgefahr?

Das Servicemanagement drückte mir zusätzlich noch mein Brandzeichen auf.

Die Bande wollte sicherlich besonders professionell erscheinen, denn sowohl zum Frühstück, als auch zum Abendessen, wies man mir einen festen Platz zu, auf dem stets nur ein Gedeck stand.

Stigmatisiert und zur Schau gestellt.

Wenn ich mich doch wenigstens an eines der Tische mit zwei Gedecken hätte setzen können. Ich bin überzeugt, dass die Familien und Paare, die rings umher lachten und alberten, gedacht hätten, meine Herzdame läge mit Durchfall im Hotelzimmer und daher musste ich alleine essen.

Solche Gedanken gingen mir jede Minute durch den Kopf, und das Essen wurde immer mehr zur Folter.

Aus diesem katastrophalen Reise - Misserfolg zog ich meine Schlüsse. Nie wieder alleine in andere Länder.

Das Jahr darauf zog es mich nach Kroatien. Um nicht noch einmal ausgestoßen in einer fremden Umgebung zu sein, fragte ich vorsorglich in meinem Freundeskreis nach, wer von den Herren denn Lust auf einen entspannten Trip an die Adria hätte.

Es meldeten sich Jürgen und Malte, wie ich ebenfalls Unbeweibte.

Bei meinen zwei Kumpanen sah es frauentechnisch noch viel düsterer aus als bei mir.

Während ich Single aus Überzeugung war, wurden Jürgen und Malte vom Schicksal gar nicht erst gefragt. Es war seit ungefähr ihrem 14´ten Geburtstag beschlossene Sache, dass die Jungs wahrscheinlich bis zum Ende ihres Lebens alleine bleiben würden. Ein Bann, verhängt aus lauter Boshaftigkeit.

Vielleicht hatte hier das indische Karma Prinzip seine Hände im Spiel. Im vorigen Leben schlecht gewesen zur Damenwelt, Zuhälter, Sklavenhalter etc. Nun taten die Beiden, was Männer, die nicht unter der Knute von Frauen stehen, halt so tun. Von 8.00 Uhr bis 17.00 Uhr brav zur Arbeit gehen und sich anschließend mit Gleichgesinnten zum Zocken, Play Station spielen, Saufen und DVD schauen treffen. Am Wochenende dann wie entfesselt noch mehr Zocken, Saufen und Drogenerfahrungen sammeln, Sonntag den ganzen Tag pennen und Montag wieder zur Erholung arbeiten.

Meine Kumpane waren zu allem Unglück auch noch bei einer großen Getränkemarkt - Kette beschäftigt und ständig gab es alle möglichen Rabatte für fleißige Mitarbeiter. Kurzum, der Getränkenachschub ging nie zur Neige. Fluch oder Segen?

So stand unser gemeinsames Abenteuer unter keinen besonders günstigen Stern.

Wir kannten uns noch von der Schule, wo wir gemeinsam in dieselbe Klasse gegangen waren. Das ist nur ein Teil der Wahrheit, denn eigentlich hatten wir nur drei Jahre lang zusammen die Schulbank gedrückt, dann blieb Jürgen hängen und durfte unfreiwillig das Jahr wiederholen.

Malte wurde ein Jahr später von der Schule genommen, weil seine Eltern sich scheiden ließen und er seine Mutter nach Flensburg begleiten musste. Er kam erst zehn Jahre später nach Bremen zurück, und wir nahmen den Kontakt wieder auf.

Viel hatte ich mit den Zweien eh nicht mehr zu tun.

Meistens trafen wir uns in ihren Getränkehandel, wo ich mich mit Mineralwasser und Fruchtsaftschorlen eindeckte.

Einer von Ihnen versuchte stets mir irgendwelche neuen Produkte anzudrehen. Meistens waren das Biere von kleinen Brauereien aus dem süddeutschen Raum oder hochprozentiger Alkohol mit schlüpfrigen Namen. „Orgasmus“, „Schlüpfer Stürmer“ oder „Busengrapscher“.

Meine Kameraden schienen immer ehrlich begeistert über solche frivolen Namen. So viel kindliche Freude hätte ich mir auch hin und wieder gewünscht, alleine ich war schwer zu begeistern.

Dass die Idee, mit zwei sogenannten Freunden zu verreisen, nicht die Beste war, stellte sich bereits in der Planungsphase heraus.

Ich war finanziell zwar auch nicht das, was der Volksmund „auf Rosen gebettet" nannte, besaß aber einen Spielraum, der in der Autobranche einer Kompaktklasse gleichkam.

Die beiden Getränkemarkt - Verkäufer dagegen waren irgendwo beim gebrauchten Fiat Panda oder Polo, ohne TÜV, angesiedelt.

Das machte sie nicht zu schlechteren Menschen und mich gewiss nicht zu einen wertvolleren, machte aber Budget - Planungen aller Art ziemlich schwierig.

Die Jungs waren bereit jeweils 300 Euronen für eine Woche aufzubringen, mit allergrößten Anstrengungen und ein paar Zusatzschichten im Lager, waren sogar 350,- drin. Das war dann aber auch wirklich das Höchste der Gefühle.

Ich versuchte ihnen klar zu machen, dass es sich bei Kroatien, zum damaligen Zeitpunkt, zwar um ein südosteuropäisches Tourismus - Neuland handele, dass im Gegensatz zu bereits entsprechend vermarkteten, wesentlich teuren Gebieten, noch preislich erschwinglich war aber 450 Euro? Das sollte wohl ein Witz sein.

Wir tagten und verhandelten weiter und die Zeit bis zum Abreisetermin wurde immer knapper.

Die Ideen meiner Kumpane trieben immer abenteuerlichere Blüten. Sollte ich ihnen an einen Tag noch die Kohle für den gemeinsamen Urlaub vorstrecken, dachten sie sich am nächsten Tag großzügige Finanzierungspläne aus. Nur so viel: Wöchentliche Mineralwasser - Lieferungen bis vor meine Haustür und Kartoffelchips bis an mein Lebensende spielten bei ihren Kalkulationen eine nicht unwichtige Rolle.

Alleine in ein großzügiges Hotel zu ziehen und meine Freunde in einem Zelt am Strand übernachten zu lassen empfand ich als Verrat und zutiefst verachtenswert.

Also biss ich in den sauren Apfel, und wir buchten für bemerkenswert kleines Geld unseren gemeinsamen Urlaub nach ihren Vorstellungen.

Dubrovnik, die Perle der Adria, eines der schönsten Ziele des ehemaligen Jugoslawien und wir mitten drin. Und wie mitten drin!

Mitten in einem Vorort der Hafenmetropole, wo jede Nacht die Post abging. Billig - Bettenburgen, wohin man auch schaute. Schnell hochgezogen von Maurer - Darstellern und schon nach kurzer Zeit dem Untergang geweiht.

Preislich erschwinglich, vor allem für Studenten, junge Leute und feierfreudiges Publikum aus aller Welt.

Gefeiert wurde reichlich. Der Alkohol war billig, weil gepanscht und die Drogen - Pipeline verstopfte niemals.

Irgendeinen Grund zum Feiern wurde immer gefunden. Ob irgendein Fußballklub gerade Meister geworden war oder die Katze vom Nachbarn Junge bekommen hatte. Sie machten die Nacht zum Tag.

In Windeseile wurde manchmal in der unmittelbaren Umgebung eine improvisierte Musikanlage aufgebaut, ein paar Kisten Bier und viele Flaschen Slivowitze heran gekarrt und schon war die nächste Party im Gange.

Ein Phänomen, wie schnell sich stets an die 300 Jugendliche zusammenfanden und in winzigen Quartieren tanzten, sangen und lachten.

Kurz darauf gab es meist nur wenige hundert Meter weiter eine zweite Party, von Teens, die beweisen wollten, dass sie die geilere

Fiesta ausrichten konnten und dann zog der ganze Pulk einfach weiter.

Jürgen und Malte erlebten hier den Himmel auf Erden. So ungefähr mussten sie sich das Paradies vorgestellt haben.

Ich glaube, einer von ihnen wurde sogar in irgendeiner kroatischen Hinterhof - Besenkammer „zum Mann gemacht", wobei sich der Glückliche bis zum heutigen Tag nicht erinnern kann, welcherlei Geschlechts der großzügige Freudenspender besaß. Egal.

Für die nächsten zwanzig Jahre gab es für die zwei Hengste kein anderes Reiseziel mehr, auch wenn sie nach ein paar Jahren mit ihr Budget von 350 Euro nicht mehr hinkamen.

Für mich persönlich war es die Hölle.

Diese endlose, hedonistische Selbstausbeutung entsprach überhaupt nicht meiner Natur.

Ich war erzkonservativ erzogen, pragmatisch veranlagt und eher ruhiger, wenn nicht sogar strenger. Zu mir und zu meinem Umfeld. Man konnte auch das böse Wort von einem langweiligen Spießer in den Mund nehmen und ich würde sogar zustimmen. So viel Ehrlichkeit muss sein.

Das Urlaubsziel Kroatien hatte ich unter ganz anderen Kriterien ausgewählt.

Mir ging es ganz bestimmt nicht um Sauforgien und Technomucke bis in die frühen Morgenstunden.

Wie ich es stets vor dem Antritt einer Reise zu tun pflegte, hatte ich mich mit ausreichend Literatur über das zu bereisende Distrikt eingedeckt, so dass ich aus dem Stand in der Lage war, eine grobe Übersicht über die Historie, Bevölkerungsdichte, Bruttoinlandsvolumen und ethnischer Zusammensetzung abzuspulen.

Ich übertrug für gewöhnlich die Sehenswürdigkeiten, die mich am meisten interessierten, in meinen kleinen blauen Notizblock und arbeitete die Einträge dann der Reihe nach ab.

Anschließend verglich ich die Impressionen der Buch - Autoren mit meinen eigenen Beobachtungen und übertrug diese Ausführungen in das rote Notizbuch.

Daheim angekommen ging es dann an die Foto - Auswertung. Manchmal vergingen zwei Monate, bis eine Reise von mir komplett „abgearbeitet" und ausgewertet worden war. Danach ging es weiter mit der Planung des nächsten Trips.

Mochten andere diese Art des Reisens als langweilig oder kauzig abtun, ich empfand jedes Mal tiefe Glücksgefühle beim Planen und auswerten, beim Katalogisieren und archivieren.

Kroatien und mein Standort Dubrovnik - das waren für mich Inseltouren nach Lokrum, Korcula, Mljet oder das Konavle Tal. Prächtige Herrschaftshäuser, wie der Sponza Palast, die weltberühmte Stadtmauer Gradske zidine und ein Besuch des Alten Stadthafen. Die heilige Blasius Kirche musste ich einfach sehen und unbedingt die Festung Lovrijenac.

Ich wollte jeden Tag früh aufstehen und mit den Jungs auf Besichtigungstour gehen. Es gab doch so viel zu entdecken.

Was für ein unrealistischer Träumer ich doch war.

Meine Begleiter, die zwei unterbelichteten Party - Garnelen, dachten nicht im Traum daran, mit mir Museen zu besuchen oder Ausflüge zu ursprünglichen Fischerdörfern zu unternehmen. Die wollten spät aufstehen und sich auf den nächsten Budenzauber vorbereiten.

Wieder einmal war ich auf mich allein gestellt.

Dazu kam, dass ich die meiste Zeit wie ein hirnloser Zombie umherwandelte, weil ich hoffnungslos mit Schlaf unterversorgt war.

Ganz klar: eine Folge, der Insomnie, welche die Nächte in unserer Rabauken - Absteige mit sich brachte.

Auch diese Woche verging und wir fuhren Heim.

Zuhause angekommen schlief ich volle 28 Stunden durch und beschloss, fortan in einem anderen Getränkemarkt einzukaufen.

Außerdem beschloss ich, nie wieder mit Kumpels zu verreisen, sondern wieder auf die gute, alte Damenwelt zurückzugreifen.

Mit Frauen an sich hatte ich auf den vorherigen Reisen stets gute Erfahrungen gemacht.

Klar, allesamt waren sie meine Freundinnen gewesen und vielleicht gerade deshalb hatten wir uns besonders gut arrangiert. Zu vernachlässigende Unstimmigkeiten einmal ausgenommen, waren wir in den gemeinsamen Ferien stets gut miteinander ausgekommen.

Meist hatten uns ohnehin gemeinsame Interessen verbunden oder die Fähigkeiten der Frauen, sich für meine Neigungen zu begeistern, waren entsprechend groß. Umgekehrt traf dies natürlich gleichwohl zu.

Trug die Dame meines Herzens am Morgen nach dem gemeinsamen Frühstück den Wunsch an mich heran, eine Hafenrundfahrt zu unternehmen, so überlegte ich in der Regel nur kurz, bevor ich den Besuch der antiken Freilichtbühne aus dem Tagesprogramm strich und erfüllte ihre Bitte.

Soweit zur Ausgangssituation.

Ich war ein umgänglicher Reisepartner und die Frauen hatten sich größtenteils als kompatibel erwiesen. Daraus musste doch eine angenehme Mixtur für meine nächste Exkursion herstellbar sein.

Keine feste Freundin aber dennoch eine Frau als Reisepartnerin? Hm, grübel, grübel.

Nächte schlug ich mir um die Ohren, bis ich glaubte, des Rätsels Lösung gefunden zu haben.

Nein, nicht meine Mutter. Mein Leben war auch so schon stressig genug.

Beim Surfen durch die unendlichen Weiten des Internets stieß ich auf ein Portal, dass mir die Verheißung versprach. Hier schienen sich die Wolken zu teilen und *mir* die Sonnenstrahlen ins Gesicht zu scheinen. Wünsche würden war, denn diese Seite war so einfach und doch geradezu genial, dass ich mich fragte, warum ich nicht eher darauf gekommen war.

„Reisepartner Börse" nannte sich meine Entdeckung und der Info - Seite konnte ich entnehmen, dass irgendein Lemmy die vor drei Jahren ins Leben gerufen hatte. Es folgte die obligatorische Selbstbeweihräucherung. Schlagworte wie „Erfolgsstory", „mehr als 5000 zufriedene Kunden" und

„Weg zum Glück" waren zu lesen.

Soso. Was noch?

„Mit uns finden Sie den Reisepartner, mit dem ihr Urlaub ein voller Erfolg wird."

´Klingt schon mal vielversprechend´ war mein erster Gedanke.

Die Einleitung zur Idee hinter der Homepage, von Lemmy *himself verfasst,* war dann leider wieder weniger originell. Grob zusammengefasst lautete die Botschaft des Textes in etwa; Haben Sie das nicht auch schon einmal erlebt? Eine gemeinsame Urlaubsreise mit einem Bekannten und es stellt sich heraus, dass jeder von Ihnen völlig gegensätzliche Interessen verfolgt. So kann der langersehnte Urlaub schnell zu einem Alptraum werden. Das muss nicht sein. Wir geben Ihnen die Gelegenheit Ihren Reisepartner vorher gründlich kennen zu lernen. Teilt uns eure Vorlieben, Abneigungen und Hobbys mit und wir finden für Euch den passenden Reisepartner.

Wenn das nicht mal eine gute Idee war. Ich war begeistert und verbrachte viele Stunde auf den Seiten dieses Online - Portals, um meine potentiellen Reisebegleiterinnen kennen zu lernen.

Nach eingehendem Studium der Inserate war ich in der Lage Statistiken über prozentuale Häufigkeit von Alter, Geschlecht und Reisewünsche zu erstellen.

Asien lag in der Beliebtheit - Skala ganz klar vorne. Mit Thailand, Vietnam und Kambodscha konnte kein anderes Land mithalten. Backpacking nach Nepal war auch solch ein Favorit. Darauf folgte Südamerika, mit Schwerpunkt Peru, Argentinien und Chile. Dann waren auch schon die europäischen Vertreter dran. Ski - Reise nach Österreich, Motorrad - Trip nach Rumänien, Badeurlaub Hurgahda.

Etwa die Hälfte der Inserate stammte von fleißigen Studenten. „Bevor ich mein Studium in Atomphysik und Kartoffeldruck beginne, möchte ich gerne für zwei Monate nach Nepal reisen" war ein oft gelesener Satz. Gerne auch irgendwas, das mit „in meinen Semesterferien..." begann.

Jaja, die lieben Studenten. Hatten immer genügend Zeit und waren unglaublich interessiert, wie es auf der Welt zuging.

Ansonsten war von Äthiopien, über Jordanien, bis Masai Mara alles dabei, was Exotik und Abenteuer versprach.

Wie bieder klangen da geradezu Annoncen, in denen Reisepartner für Thermenbesuche im Allgäu oder Sylvester in Berlin gesucht wurden.

Tja und was wollte ich?

Im Großen und Ganzen war ich mir dieses Mal nicht wirklich darüber im Klaren. Hauptsache weg. Hauptsache Sonne. Meine Ansprüche befanden sich auf Rekordtief.

In Deutschland ging der Sommer mit riesigen Schritten zu Ende und ich überlegte, was die vergangenen Monate überhaupt gebracht hatte. Ich kannte keinen, noch so positiv eingestellten Strahlemann, der mir gegenüber erwähnte, dass der nun scheidende Sommer so schlecht doch nicht gewesen sei.

Gerade Gastronomie Arbeiter wie ich, haben stets einen besonderen Bezug zum Wetter, ist unser Geschäft doch nicht unwesentlich von der Witterung abhängig.

Die warmen Monate des Jahres spülten 70 Prozent des Jahresumsatzes in die Kasse meines Hotels. Hier entschied sich, ob es ein erfolgreiches oder unterdurchschnittliches Jahr war.

Dieses Jahr war eher mit letzterem zu rechnen. Die Laune meines Chefs befand sich schon seit Wochen im Keller.

Schuld war dieser verdammte, launische Sommer und das damit einher gehende schlechte Geschäft.

Bis weit in den Mai hinein hatte es geregnet. Die Temperaturen waren kaum über die 15 Grad Marke geklettert. Absolut untypisch. Im Juni hörte der Regen schlagartig auf und das Thermometer zeigte quasi von heute auf morgen 38 Grad an. Unter unserer Markise war es tagsüber unerträglich.

Natürlich verirrten sich bei dieser Hitze kaum Gäste auf die Hotel - Terrasse. Erst am Abend, als es einigermaßen erträglich wurde, kamen die Leute zum Essen. Alleine mit dem Abendgeschäft konnten wir die Löcher in den Kassen kaum füllen.

Im Juli suchten uns schwere Unwetter, mit Gewittern und Stürmen heim und einzig der August brachte einige zusammenhängende Wochen voller Sonne und angenehmen Temperaturen.

Daher rührte meine tiefe Sehnsucht nach einer Auszeit in wärmeren Gefilden. Sonne, Meer und Palmen. Kulturelle Interessen stellte ich dieses Mal an zweiter Stelle.

Ich wollte endlich Farbe bekommen, im Meer baden und relaxen.

Die Anzeige, die ich auf der „Reisepartner Börse" aufgab, war in etwa Sinnbild meiner Begehrlichkeiten.

Ausdrücklich hatte ich lediglich um eine **Reisepartnerin** gebeten, das Exkursionsziel war sekundär.

„Keine sexuelle Absichten". Das war mir wichtig, dass dies schon mal geklärt war und den Damen die Scheu nahm, sich bei mir zu melden.

Der Erste, der mir auf die Mailbox sprach, war ein Horst aus Wildeshausen. Er sei auch Single und wir könnten doch mal was zusammen unternehmen. Badeurlaub sei auch so sein Ding, vielleicht noch schnorcheln oder Jet Ski.

Ich machte mir nicht einmal die Mühe zurückzurufen.

Zwei Tage später bekam ich eine Mail. Pfauenauge 23 schrieb, dass sie ebenfalls total urlaubsreif sei und dringend Sonne bräuchte. Sie würde sich sehr über einen Anruf von mir freuen. Im Übrigen dürfte ich mich wirklich jeder Zeit telefonisch bei ihr melden. Sie sei sehr aufgeschlossen und flexibel. Dahinter war ein echt witziger Smiley eingefügt.

Pfauenauge 23 war mir sehr sympathisch.

Sofort griff ich zum Telefonhörer und wählte die Nummer ihres Handys.

Es war Samstag, kurz vor 11. 00 Uhr und ich hielt es für eine gute Zeit für ein wenig Small Talk.

„Hallo, ich bin´s, der Typ, der eine Reisepartnerin sucht" sprach ich mit ruhiger Stimme in den Hörer, als am anderen Ende der Leitung abgenommen wurde.

Ich rechnete mit einem fröhlichen „Hi, schön dass du anrufst" oder etwas in der Art.

Stattdessen bügelte mich die Dame, deren Nummer ich gerade angerufen hatte, gleich mal nach allen Regeln der Kunst ab.

„Hör mal, das passt jetzt echt überhaupt nicht. Kannst du nicht zu einer normalen Zeit anrufen. Mensch, ich steh hier gerade an der Supermarktkasse. Einkaufen!!!"

„Ähem, entschuldige, ich melde mich wieder" stammelte ich kleinlaut und legte fix auf.

Tat ich natürlich nicht. Blöde Kuh. Soweit zum Thema „kannst jeder Zeit anrufen".

Meine anfängliche Sympathie für Pfauenauge 23 verflog so schnell, wie sie gekommen war.

Schon am Abend meldete sich ebenfalls per Mail eine weitere Dame bei mir.

Kein Pseudonym, sondern eine klare Botschaft.

„Guten Tag, mein Name ist Melanie Deichhuber, und ich wohne in Wilhelmshaven. Ich bin 36 Jahre alt. Anfang November habe ich zwei Wochen Urlaub und möchte gerne in die Sonne. Ich bitte um eine Antwort."

Eine Telefonnummer gab es nicht, also schrieb ich ihr ein paar Zeilen.

Frau Deichhuber kam mir vom Schreibstil recht ernst vor. Wahrscheinlich ging die Gute tatsächlich zum Lachen in den Keller. Vielleicht irrte ich mich aber auch, so wie bei Pfauenauge 23, die vorgegeben hatte, unkompliziert und locker zu sein und sich bereits von einem Vormittagsanruf aus der Ruhe hatte bringen lassen.

Wahrscheinlich gaukelte Frau Deichhuber zunächst einmal Seriosität vor, damit ich nicht gar zu forsch daher kam. Frauen verfolgen da ja teils originelle Verhaltensmuster.

Wir tauschten ein paar Mails aus aber der Ton ihrerseits blieb kühl. Kein Anflug von Humor. Ich dachte schon, ich sei bieder, aber Frau Deichhuber war mir in diesem Punkt weit voraus.

Sie bestand darauf, mich zunächst persönlich „ unter die Lupe zu nehmen“, bevor sie mit mir verreiste.

„Ich weiß gerne, mit wem ich es zu tun habe“ stand in eines ihrer Schreiben an mich.

An einem sonnigen Dienstagnachmittag war es dann endlich soweit.

Nach langen hin und her hatte mir die Dame ihre Adresse gegeben und mich zum Kaffee in ihr Apartment bestellt.

Frau Deichhuber wohnte in einem kleinen Kaff, nahe der langweiligen, niedersächsischen Stadt Wilhelmshaven.

In der Einfahrt ihres Hauses stand ein roter Ford Ka; und die strenge Dame war mir sofort unsympathisch. Ausgerechnet ein Ford Ka diente ihr als Fortbewegungsmittel. Das wahrscheinlich scheußlichste Auto, welches je gebaut wurde. Sah von der Optik aus wie ein halbes Frühstücksei und weil Aussehen nicht alles ist, waren alle Ford Ka Besitzer, die ich kannte, dämliche Schrumpfköpfe.

Nicht einmal die Türglocke der humorlosen Lady machte etwas her. Ein einfallslos, stupides Bimmeln erklang, als ich die Klingel betätigte.

Auf den ersten Blick sah meine potentielle Reisepartnerin nicht unrecht aus.

Schlanke Figur, dunkelblaue Augen und lange, blonde Haare. ´Die weckt sicherlich einige Begehrlichkeiten in der Männerwelt´ dachte ich.

Gut, die breiten Hüften stellten sich als ihre absolute Problemzone heraus aber das war es nicht, was mich und wahrscheinlich andere an der Dame störte.

Sie verfügte tatsächlich über eine, deutlich unter dem Normalwert befindliche, emotionale Kälte. Fast schon pathologisch.

Kein Lächeln auf ihrem Gesicht, als sie mich begrüßte und hereinbat.

Die Wohnung steril und aufgeräumt. Ich wähnte mich gar in einem Museum und traute mich kaum zu atmen.

Mich zu setzen schon gar nicht, obwohl sie mir das kühl anbot.

„Sag bloß, du hast nichts mitgebracht?" richtete sie mit eisiger Miene das Wort an mich.

Ich war nicht ganz sicher, was sie meinte.

„Mitgebracht. Was genau meinst du?"

Ich versuchte irritiert zu lächeln.

Auf ihrem Gesicht nicht einmal der Hauch einer Regung.

„Ich habe Kaffee und du hast?"

Sie sah mich herausfordernd an.

„Kaffeedurst" entfuhr es mir, und ich hoffte, die richtige Antwort gefunden zu haben.

Frau Deichhuber sah mich noch einmal vorwurfsvoll an und goss uns dann mit spitzen Lippen aus Omas gutem Service eine braune Brühe in die angewärmten Tassen ein.

„Es gehört sich, wenn man zum Kaffee eingeladen ist, Kuchen oder Gebäck mitzubringen" belehrte sie mich im strengen Ton.

Ich schluckte schwer, stammelte: „Sorry du, ich bin nicht so der Kuchenfreund. Habe ich nicht gewusst, dass du da Wert drauf legst."

´ Außerdem kannst du dir eh keine Torte leisten, mit deinen fetten Hüften, du Trampel´ schob ich noch in Gedanken hinterher.

Hoffentlich konnte die unheimliche Dame keine Gedanken lesen. Furcht einflößend war diese Frau. Irgendwie wie eine humorlose Hexe oder eine kaltblütige Killerin, die sich im Internet ihre Opfer suchte, zu sich einlud und falls diese ausversehen den Kuchen vergessen hatten, vergiftete und vierteilte.

Was wohl in den Kaffee drin war? Ich hatte da neulich in der BILD etwas von einer sogenannten Vergewaltigungsdroge gelesen. Hatte sie eigentlich auch von dem Kaffee getrunken?

Vielleicht war sie auch selbst resistent gegen ihren Trunk. Rasputin sagte man auch nach, dass er zu jeder Mahlzeit ein klein wenig Gift zu sich genommen hätte, um sich gegen toxische Attentate zu schützen.

Jegliche Ansätze meinerseits, dass Eis zu brechen, waren in etwa so aussichtslos wie eine Brühe mit Stäbchen essen zu wollen.

Zum Glück hatte Frau Deichhuber nach einer guten Stunde ein Einsehen und erlöste mich aus dieser vertrackten Situation.

„Du, ich glaube bei uns Beiden stimmt einfach die Chemie nicht. Ich suche einen Reisebegleiter mit ein bisschen mehr Temperament und Humor. Einer, der mit mir auf einer Wellenlänge liegt."

Ich erhob mich so ruckartig, dass mir für einen Moment schwindelig wurde.

„Na dann, einen schönen Tag noch und danke für den Kaffee."

Schon war ich wieder draußen in Sicherheit. Puh, das war zum Glück noch einmal gut gegangen.

Ich beschloss, bei meinem nächsten Date jemanden aus dem Bekanntenkreis Bescheid zu geben. Nur zur Sicherheit.

Dann passierte einige Tage nichts. Niemand meldete sich auf meine Annonce. Ob das anderen auch so ging?

Ich hatte die Geschichte schon fast abgeharkt und dachte nicht mehr darüber nach, als sich doch noch eine Mail in meinen Posteingang verirrte.

Eine gewisse Ingeborg aus Hildesheim ließ anfragen, ob die Suche nach einer Reisebegleiterin noch aktuell sei.

Ingeborg!!!

Alter: 36

Also zwei Jahre jünger als ich.

´ Was für ein altmodischer Name´ dachte ich. Falls die Behauptung der Lateiner „Nomen est Omen" zutraf, durfte ich mich auf eine altbackene Dame mit Dutt freuen.

Na wenn schon, ich suchte ja auch keine Frau zum Heiraten. Außerdem war ich selbst kein Nachtmensch oder Partygänger, da war mir eine ruhige und ausgeglichene Person sehr willkommen.

Also dann. Ingeborg, du ausgedörrtes Mauerblümchen und Spaßbremse, ich spüre, dass das mit uns Beiden gut funktionieren wird. Noch kenne ich dich nicht, aber ich kann mich mit ziemlicher Sicherheit auf meine Visionen von Menschen verlassen.

Ich sehe deinen Namen und dein Alter und weiß genau, mit wem ich es zu tun habe.

Seit Jahren keinen festen Freund, Stubenhockerin, von Beruf irgendetwas Langweiliges mit Büro bzw. ein Beamtenjob. Zu Hause eventuell ein Haustier. Warte, lass mich raten? Katze, Meerschwein? Nein, zu wild. Fische oder Schildkröte. Schon eher. Fische, das war es. Schildkröte ging nicht, weil sie sich davor ekelte, das Terrarium sauber zu machen.

Mode? Fehlanzeige. Die wenigen Kleider stammten aus einer kleinen Boutique, die sich auf graue Mäuse spezialisiert hatte. Keine Farben, nur Brauntöne.

Essverhalten? Ganz klar. Vegetarierin. Mindestens. Wahrscheinlich sogar Veganerin: Tofu, Grünkernbratlinge, Bulgur standen auf der Speisekarte. Alles Bio oder was?

Sportliche Aktivitäten? Um Gottes Willen nein. Na gut, ein bisschen Aerobic oder Yoga. Aber nicht im Verein, wo alle zuguckten und nebenan die Boxer trainierten. Zweimal die Woche zu Hause, mit der Lehrfilm DVD, wo ihr die nette Verkäuferin aus dem Reformhaus geschenkt hatte.

Wer nun glaubt, dass mich diese Vorstellung der jungen Dame in irgendeiner Weise abschreckte, irrt gewaltig. Ganz im Gegenteil. Ich fühlte mich sofort magisch zu ihr hingezogen. Frauen wie sie waren im Umgang nicht einfach aber zutiefst liebenswert.

Wie bereits erwähnt, war ich auch kein „Hans Dampf in allen Gassen" und so kamen Menschen wie sie meinem eigenen Naturell sehr nahe.

Also dann - ich war fest überzeugt, dass wir eine sehr harmonische Urlaubszeit miteinander verbringen würden.

Nach einen halben Dutzend Mails und zwei kurzen Telefonaten war ich mir nicht mehr zu 100 Prozent sicher, ob meine Kopf - Skizze von Ingeborg richtig war. Wahrscheinlich musste ich mich in den einen oder anderen Punkt korrigieren.

Den Bürojob, den ich ihr in meinen Gedanken gegeben hatte, war schon einmal ein Trugbild.

Wie sie mir in unserem ersten Telefonat mitteilte, verdiente sie ihr Geld als Kindergärtnerin.

Irgendwo habe ich gelesen, diese Berufsbezeichnung wäre inzwischen veraltet. Heute sprach man von Erziehern und Erzieherinnen. Aber immerhin hatte Ingeborg die Formulierung „Kindergärtnerin" selbst gebracht. Demnach konnte es so falsch nicht sein oder niemand hatte ihr bisher gesagt, dass sie inzwischen eine Erzieherin geworden war.

Auch Ingeborg wollte mich, bevor sie mit mir auf Reise ging, zunächst einmal persönlich unter die Lupe nehmen.

An einem lausig kalten, zu allem Unglück auch noch verregneten Freitagnachmittag fuhr ich nach Hildesheim, um Ingeborg zu treffen.

Kapitel 2

Als ich wieder zu Hause war, setzte ich mich erst einmal auf die weiße Ledercouch und schaltete die Stereoanlage an. Bei den lieblichen Klängen von *Gene Loves Jezebel* ließ ich die Geschehnisse der letzten Tage noch einmal Revue passieren.

Ingeborg hatte sich mir von einer Seite präsentiert, die mich einerseits abschreckte aber auch faszinierte. Sie hatte sich gar nicht erst die Mühe gemacht sich zu verstecken oder in ein positives Licht zu rücken. So viel Ehrlichkeit war entweder zutiefst bewundernswert oder abgrundtief dämlich.

Die Frage war, ob ich für die Dauer einer Woche mit ihrer, hm, etwas unkonventionellen Art klar kommen würde. War das letzte Wochenende so etwas wie ein einmaliger Ausraster oder Normalität?

Noch während ich so grübelte, klingelte das Telefon.

Ingeborg musste so etwas wie einen 6. Sinn für meine Überlegungen haben, denn sie war es, die mich aus meinen Gedanken riss.

„Hi du, schön dass du wieder heil nach Hause gekommen bist" flötete sie gutgelaunt in den Telefonhörer.

„Wir hatten ja heute Morgen gar keine Gelegenheit mehr uns über unsere Urlaubspläne zu unterhalten."

Das war richtig. Als bekennender Frühaufsteher hatte ich es gegen 8.00 Uhr nicht mehr in meinem Gästequartier ausgehalten und mich in die spartanisch eingerichtete Küche begeben. Ich hatte nicht wirklich gut geschlafen, was nicht ausschließlich an dem viel zu harten Gästebett lag, sondern weil es mir generell schwer fiel in ungewohnter Umgebung zu nächtigen.

Ich war nun mal ein Gewohnheitsmensch und brauchte mein geregeltes Umfeld.

Also hatte ich etwa drei Stunden allein am Frühstückstisch verbracht und gehofft, dass meine neue Bekannte erschien und ein kleines Höflichkeitsfrühstück zubereitete.

Ich konnte ja schlecht selbst in den Regalen und Schränken herumwühlen und nach Essen und Trinken suchen. Das gehörte sich nun wirklich nicht für einen geladenen Gast.

Ebenso wenig ziemte es sich, die Tür des Mädchens zu öffnen und zu schauen, ob sie bereits wach war. Klopfen oder laut „Hallo" rufen schien auch ausgeschlossen. Da hieß es nur weiter warten.

Was ich doch für einen Kaffeedurst gehabt hatte! Gegessen hatte ich auch das letzte Mal vor Konzertbeginn. Mein Magen knurrte bereits empfindlich.

Toll und das alles, während Madame ihren Rausch ausschlief.

Irgendwann hatte ich das Knarren ihrer Schlafzimmertür gehört und dann kam sie hereingeschlurft.

Selten zuvor hatte sich ein weibliches Wesen so leidend gesehen.

Heike, eine Ex – Freundin von mir, hatte so ähnlich ausgesehen, wie Ingeborg an diesem Morgen. Doch die besaß wenigstens die

Ausrede, dass sie sich einen fürchterlichen Magen - Darm Virus eingefangen hatte und ständig zwischen Bett und Klo pendelte.

Ingeborg hatte einfach nur einen Kater vom feinsten. Hatte dagestanden, in ihrem zerknitterten Schlafanzug und mich ausdruckslos angestarrt. Das Oberteil ihres Pyjamas war falsch zugeknöpft.

Ihre Locken, gestern Abend noch mit viel gutem Willen einer Frisur ähnelt, war an diesem Morgen endgültig zum Vogelnest mutiert. Bei den *Simpsons* gab es eine Figur namens *Tingeltangel Bob,* und Ingeborg sah aus wie seine Schwester.

Die Stimme war auch noch total ramponiert vom Abend zuvor.

„Morgen. Hast du Hunger? Willst ´n Kaffee?"

Ihre Worte musste ich erst dechiffrieren und neu zusammensetzen, so undeutlich sprach sie.

„Nee du, lass mal. Ich glaube, ich hau gleich ab. Habe heute Nachmittag noch gesellschaftliche Verpflichtungen" log ich. Verdammt, wie ich mich nach einem Kaffee sehnte.

Ingeborg hatte nur genickt.

„Okay. Wir hören uns. Ich leg mich noch mal aufs Ohr. Ist das Okay für dich."

„Klar doch. Dir eine gute Besserung."

Dann hatte ich mich beeilt aus ihrer Wohnung zu kommen.

Aus den Augenwinkeln hatte ich beobachtet, wie sie eine kleines Apothekenschränkchen über der Küchenanrichte, geöffnet hatte, um sich aus Kopfschmerztabletten und Alkaseltzer ein „Guten Morgen" Gebräu zu rühren.

Hatte ausgesehen, als hätte sie einige Erfahrungen mit der Wiederherstellung ihrer Gesundheit.

Dann war ich gefahren, hatte an einem Landgasthof Halt gemacht und mir ein fürstliches Frühstück gegönnt.

Das war jetzt fünf Stunden her und ich hatte noch keine Zeit gehabt, die Erlebnisse vom Vorabend aufzuarbeiten.

„Hat es dir die Stimme verschlagen?“ lachte sie am Telefon.

Sofort war ich wieder im hier und jetzt angekommen.

„Ähem, nein. Geht schon. Dir scheint es ja auch schon wieder besser zu gehen. Heute Morgen hast du mir echt leidgetan“.

Das war noch eine sehr vorsichtige Formulierung. ´Du hast echt beschissen ausgesehen´ traf es wohl eher, aber auf solch ein vertrauliches Sprachniveau wollte ich mich erst gar nicht begeben.

Wieder hörte ich Ingeborg am anderen Ende der Leitung lachen.

„Oh ja, ich weiß, ich habe echt beschissen ausgesehen. Aber ein bisschen Medizin und ein wenig Schönheitsschlaf helfen manchmal Wunder.“

Sie schien tatsächlich einen 6. Sinn zu besitzen und meine Gedanken lesen zu können.

„Jetzt haben wir uns zwar über alles Mögliche gestern Abend unterhalten, aber eigentlich wollten wir ja unsere gemeinsame Reise durchgehen.“

Jetzt bekam ich doch eine kleine Panikattacke. Momentan war ich mir nicht sicher, ob Ingeborg die richtige Reisegefährtin war. Die Frage war nur, ob ich ihr das unverblümt am Telefon sagen sollte.

Was, wenn ich ein oder zwei Nächte darüber schlief und zur Erkenntnis kam, dass es trotzdem ganz nett werden könnte. Alternativen hatte ich nicht wirklich. Wenn ich nur an Frau Deichhuber dachte brach mir der kalte Schweiß aus. Natürlich konnte ich Horst aus Wildeshausen anrufen. Hmhm, okay, keine gute Idee.

Mittlerweile dauerte mein Schweigen bedenklich lange, so dass Ingeborg Verdacht schöpfte.

„Ist irgendetwas nicht in Ordnung?“ hörte ich sie sprechen.

„Sag bloß, ich habe dir gestern Abend Angst gemacht?“

Na also, jetzt war es heraus.

Ich stammelte und wand mich wie ein Aal. Wie dumm, dass mir ausgerechnet heute die Worte fehlten. Auf Arbeit war ich immer um Längen souveräner. Das musste an meinem Schlafmangel liegen.

„Ja, nein, äh, Angst ist jetzt nicht das richtige Wort. Ein wenig abgeschreckt trifft es schon eher.“

Ich suchte nach beschwichtigenden Ausdrücken, aber Ingeborg ergriff wieder das Wort.

„Tut mir leid, wenn ich dich enttäuscht habe. Ich wusste aber auch nicht, dass du so leicht aus der Fassung zu bringen bist. Was hat dich denn genau abgeschreckt? Die Frau, die gestern Abend in der Öffentlichkeit getanzt hat oder jene, die Bier getrunken hat?“

Ihre Stimme klang jetzt nicht mehr ganz so fröhlich, eher ein wenig angriffslustig.

Jetzt einzuknicken könnte ich mir nicht verzeihen.

„Eher die Frau, die sich volllaufen lassen hat und die ihren Gast im Regen stehen ließ, weil sie es für eine gute Idee hielt, einer Reinigungskraft ihre Arbeit wegzunehmen.“

Irgendwann war auch mal Schluss mit der Höflichkeit.

„Ich habe nicht den Eindruck, dass du oft die Gelegenheit hast, richtig zu feiern. Sag doch mal, wann hast du denn das letzte Mal so richtig die Sau rausgelassen? Wann hast du dir gesagt - Scheiß auf die Etikette, jetzt will ich einfach mal meinen Spaß?“

Tja, mit dieser Frage hatte sie mich auf dem falschen Fuß erwischt. Eine Antwort darauf fand ich so schnell nicht.

Trotzdem wollte ich mich nicht so schnell geschlagen geben.

„Ist es das was du unter Spaß verstehst? Nachts durch die Straßen deiner Stadt torkeln und den Straßenschildern Namen zu geben? Gegenfrage: Wann hast du denn das letzte Mal Spaß gehabt, ohne dich zu blamieren?"

Dieses Mal hatte ich Ingeborg wohl in Verlegenheit gebracht, denn für kurze Zeit herrschte Stille.

Wahrscheinlich lag die Antwort auf meine Frage genauso lange zurück, wie mein letzter spaßiger Abend.

„Okay, okay" sprach sie etwas kleinlauter „dafür dass ich dich draußen stehen lassen habe entschuldige ich mich. Da habe ich wohl die Zeit vergessen. Ehrlich gesagt, hatte ich den Eindruck, dass du dich auch amüsierst. Und nun? Wie weiter? Bist du jetzt der Meinung, dass wir lieber nicht zusammen in den Urlaub fahren, weil das für dich zu anstrengend ist? Ich meine, du scheinst ziemlich konservativ zu sein. Ich will dich auch auf keinen Fall mit meiner bloßen Anwesenheit blamieren."

Die letzten Worte sprach sie schon wieder trotzig und herausfordernd.

Was sollte ich darauf entgegnen? Ich war mir selbst nicht im Klaren, was ich überhaupt wollte.

Alles was ich jetzt sagte, könnte das Ende unserer Urlaubspläne sein und im Gegensatz zu den anderen Anwärtern, fände ich das sehr schade.

„Wollen wir nicht ein anderes Mal weiter reden? Ich meine, du bist noch etwas erhitzt, ich bin todmüde. Kein guter Zeitpunkt. Vielleicht schlafen wir beide erst mal eine Nacht darüber…"

„Oh mein Gott, was bist du nur für eine armselige Wurst. Du weißt ja noch nicht einmal was du willst. Ich sag dir eines – um nichts in der Welt würde ich mit dir verreisen. Verdammter Spießer."

Peng, schon hatte sie aufgelegt.

Zurückrufen und Erklärungen stammeln, um Entschuldigungen bitten, kam nicht in Frage. Und überhaupt: Entschuldigung wofür? Letztendlich war sie ihrer Rolle als Gastgeberin zu keiner Zeit gerecht geworden. Es war doch nur legitim, wenn ich mir nach einem solchen Abend etwas Bedenkzeit erbat, um die Situation für mich zu transzendieren.

Gut, wenn dies also das Ende unserer geplanten Urlaubsreise war, war es halt so. Wahrscheinlich besser so. Die Terror - Locke hätte mich wahrscheinlich sowieso bis auf die Knochen blamiert. Die hätten uns doch sofort nach der ersten Nacht aus dem Hotel geschmissen.

Nee, sorry, aber darauf konnte ich beim besten Willen verzichten.

Weiber? Alle verrückt. Alle zusammen. Kennst du eine, kennst du alle. Tzzzt.

Ich schlief ein paar Stunden und öffnete mir am Abend eine Flasche Rotwein. Der Chianti Classico, Pogio al Sole, war nach dem Dekantieren ein Trinkgenuss erster Güte. Kein überteuerter Bordeaux aber mit dem herzlichen Charakter der Toskana.

Mit dem ersten, leichten Anflug eines Rausches stürzten tausend Gedanken gleichzeitig auf mich ein.

Inwieweit hatte meine neue Bekannte Recht, als sie mich einen Spießer schalt?

War ich tatsächlich einer?

Konservativ, gut, das ging in Ordnung aber ein verachtenswerter Spießer? Inbegriff des deutschen Michels?

Ist man schon ein Spießbürger, wenn man gewisse moralische Werte vertrat? Wenn man Gewohnheiten und Tagesabläufe einhielt? Außer gelegentlichen Wein - Degustationen Alkohol mied und wenig Freude an Feiern empfand?

Warum sollte ich mich dafür schämen oder erklären?

Obwohl, hm, wenn ich weit in die Vergangenheit zurückblickte, gab es auch andere Zeiten. Ich glaube, ich war damals ein ziemlich cooler Hund gewesen.

Nicht das sich meine Charaktereigenschaften seit dem Teenageralter grundsätzlich geändert hatten, dennoch war ich damals begeisterungsfähiger gewesen als heute.

Ich war an so vielen Dingen interessiert, wollte neue Sachen ausprobieren und war voller Lebensfreude.

Mit zwei Kumpels hatten wir sogar eine Band gegründet. Nichts Aufregendes. Jo hatte von seinen Eltern eine Klampfe geschenkt bekommen und hatte eine ganz passable Stimme. Achim war unser Spezialist für Drum Computer und Keyboard, während ich die Texte und Arrangements lieferte.

Der Managementbereich lag mir damals schon, weshalb ich die „Astronauten des Wahnsinns" auch promote. Wir bekamen einige Gigs bei Schulfeiern und Geburtstagen und das Musikmagazin „Zillo" berichtete sogar über unser Projekt. Wir fühlten uns wie die Könige und waren bereit, die Welt zu erobern.

Ja, damals war ich cool gewesen und das Leben aufregend.

Jetzt war ich nur noch ein alter Sack, der seine Ruhe haben wollte. Bloß nichts grundsätzlich Neues. Nur keine einschneidenden Veränderungen. Jobwechsel? Um Gottes willen nein. Wohnungswechsel? Bloß nicht. Feste Beziehung? Zu anstrengend.

Spießer traf nicht wirklich zu, hoffnungslos festgefahren und langweilig schon eher.

Danke Ingeborg, dass du mir ein paar interessante Denkanstöße gegeben hast.

Apropos Ingeborg. Mochte sie auch latent aufbrausend sein, war sie doch ebenso kompromissbereit und einsichtig. Zwei Tage nach unserem Disput meldete sie sich erneut bei mir, um sich zu entschuldigen und anzufragen, ob ich meine Meinung zum Thema Urlaubspartnerschaft inzwischen geändert hätte. Ganz schön hartnäckig, *Curley Sue*.

Im Laufe der nächsten Tage und Wochen stritten wir noch einige Male, schmollten miteinander, bliesen die gemeinsame Reise ab und wünschten uns gegenseitig zum Teufel.

Was uns immer wieder aufs Neue dazu trieb beim anderen anzurufen blieb mir ein Rätsel.

Für gewöhnlich war ich ein Sturschädel, der kaum jemals von seiner einmal gefassten Meinung abwich.

Endlich stand fest, dass wir zwei Mitte November für eine Woche auf die Kanaren fliegen würden. Welche der sieben Hauptinseln letztendlich unser Urlaubsdomizil werden würde, stand bisher noch in den Sternen. Wir wollten noch ein paar Angebote vergleichen und Pro und Contra abwägen.

Grundsätzlich lagen wir auf einer Wellenlänge, was die geplanten Freizeitaktivitäten betraf.

Sonne tanken und im Meer baden.

Ingeborg legte sich noch einmal glasklar fest, dass der gemeinsame Urlaub auf gar keinen Fall so etwas wie der Beginn einer wunderschönen Romanze sei. Sie hätte momentan weder Zeit noch Bock auf eine feste Beziehung. Um Gottes willen sollte ich auch nicht auf irgendwelche blöden Ideen kommen und versuchen sie ins Bett zu kriegen. Freundschaft war alles, was ich erwarten durfte. Falls sich meine Hände auch nur ausversehen in die Nähe ihres Körpers wagten, würde sie mir ihre Thai Box Kenntnisse demonstrieren und anschließend sofort abreisen.

Tolle Aussichten. Als ob ich ihr gegenüber irgendwelche Beischlaf Gedanken hegte. Ich war mir noch nicht einmal sicher ob Ingeborg überhaupt sexuell reizte. Bisher hatte ich sie hauptsächlich betrunken oder mit einem deftigen *Hangover* erlebt. Keines von Beiden konnte mich in irgendeiner Form stimulieren.

Bevor es losging, hatte ich noch ein paar Dinge auf Arbeit zu tun.

Ich arbeitete nun schon das 8. Jahr im Hotel „Zur Welle" als Restaurantleiter. Davor war ich im selben Betrieb vier Jahre Chef de Rang gewesen und noch einmal drei weitere Jahre früher hatte ich im gleichen Haus meine Ausbildung begonnen.

´Wie langweilig´ denken jetzt sicherlich einige, aber Konstanz hat auch sein Gutes.

Man kennt jeden Mitarbeiter genau, weiß, wie diejenigen ticken, auf deren Mitarbeit man angewiesen ist.

Die Abläufe im Hotel, die man in weiten Teilen mitgeprägt hat, hat man verinnerlicht. Überraschungen sind selten an der Tagesordnung.

Dass der Übergang vom Azubi bis zum Restaurantleiter nicht geradlinig verlief war normal. Der Grund, dass die meisten Lehrlinge, nach Beendigung ihrer Ausbildung, sofort den Betrieb wechseln, ist die Angst, ständig als „der ewige Azubi" angesehen zu werden.

Da meine Lehrzeit im Großen und Ganzen sehr harmonisch verlaufen war, sah ich keinen Anlass das Hotel zu wechseln. Wir hatten ein interessantes Publikum und je nach Verlauf der Saison wechselten hektische und ruhige Tage einander ab. So blieb ein jeder stets wachsam und angespannt.

Mit den Kollegen und Vorgesetzten kam ich gut klar, man konnte sogar von allgemeiner Beliebtheit sprechen.

Damals hatte ich eine feste Freundin, und wir waren drauf und dran eine gemeinsame Wohnung zu beziehen.

Warum sollte es mich also reizen im Ausland zu arbeiten oder in einem anderen Betrieb?

Mein Chef gab mir kurz vor Lehrende zu verstehen, dass er mich gerne weiter in „seinem Haus“ beschäftigen würde, also blieb ich.

Ich galt als freundlich, ruhig und ausgeglichen. Selten hörte man von mir ein Murren oder sah lustloses Gebaren.

Das änderte sich auch mit meinem neuen Vertrag als Chef de Rang und deutlich verbesserten Bezügen nicht.

Für meine ehemaligen Ausbilder und späteren Kollegen war es zunächst schwierig zu akzeptieren, dass ich jetzt ein vollwertiges Mitglied der Kellner Brigade war. Wie noch wenige Wochen zuvor schickten sie mich los, irgendwelche Besorgungen zu erledigen oder Arbeiten zu verrichten, auf die sie selbst keine Lust hatten.

Eine Zeit lang ergab ich mich meinem Schicksal, dann wurde ich forscher und machte auf stur.

Da ich als vollwertiger Kellner nun auch eine größere Service Station bekam und mehr Verantwortung zu tragen hatte, wuchs meine Selbstsicherheit exorbitant.

Auch blieb es dem Chef nicht verborgen, dass meine Fehlerquote am Arbeitsplatz relativ gering war, dafür meine Umsatzzahlen grandios waren. Die Gäste liebten meine freundliche, zuvorkommende Art und ich wurde bei Privatfeiern oft und gerne gebucht.

Daher gab es für mich keinen Grund vor den Altkellnern zurückzustecken.

Wir bekamen unsere Dissonanzen mit der Zeit gut bewältigt und die Platzhirsche akzeptierten meine neue Rolle schließlich.

Als der Hoteldirektor ein paar Jahre später bei mir anfragte, ob ich gerne Nachfolger des an Krebs erkrankten Restaurantleiters werden wolle, gab es kein langes Überlegen.

Die Kollegen machten es mir ebenfalls sehr einfach. Meine Sorge war zunächst, dass die alten Hasen, die teilweise länger als 15 Jahre im Betrieb waren, sich übergangen fühlten. Da brauchte ich mir keine Sorgen machen. Keiner von denen hatte sich um die Position als Restaurantleiter beworben. Das hatte natürlich seine Gründe. Plötzlich hatte man jede Menge Verantwortung und Druck, während das neue Gehalt sich nur unwesentlich verbesserte. Vom Trinkgeld, das nun plötzlich wegfiel, brauchen wir nicht erst zu reden.

Die Herren waren im Übrigen mehr als froh, dass ich mir den Job freiwillig antat. Wenigstens einer aus ihren eigenen Reihen. Jemand, den sie kannten und nicht irgendeinen Wichtigtuer von außen.

Also unterstützten sie mich bei meinem „Amtsantritt" wo sie konnten und standen mir mit guten Ratschlägen stets zur Seite. Dafür behandelte ich sie respektvoll und versuchte ihren individuellen Dienstplanwünschen nachzukommen.

Eine ausgezeichnete Basis für viele schöne weitere Jahre im Hotel „Zur Welle".

Seit gut einem Monat jedoch war der Wurm drin.

Schuld daran war unser alter Hoteldirektor. 25 Jahre war er rund um die Uhr für das Haus dagewesen. Unter seiner Leitung war das Unternehmen prosperiert und hatte bei den Gästen einen sehr guten Anklang gefunden. Die Auftragsbücher waren voll, und manchmal konnten wir uns vor Anfragen vor Feierlichkeiten jeglicher Art kaum retten.

Da er allen Mitarbeitern stets eher ein väterlicher Freund, denn Vorgesetzter gewesen war, hatte es kaum Fluktuationen gegeben.

Wir waren eine fest verwachsene Gemeinschaft, in der jeder am Schicksal des anderen teilnahm. Kein Selbstläufer in unserer Gesellschaft.

Dann der absolute Super - Gau.

Nach all den schönen, friedlichen Jahren der Zusammenarbeit erklärte uns Hoteldirektor Hintze tatsächlich, dass er vorhätte, sich selbstständig zu machen. Gemeinsam mit seiner Frau hatte er ein Landgasthof in der Nähe von Stuttgart gekauft und würde sich nun dort niederlassen.

Kurz nach seiner Ankündigung uns zu verlassen, war der Besitzer der „Welle" aufgetaucht. Ich hatte den etwa 70 - jährigen Patriarchen erst ein einziges Mal im Hotel gesichtet. Wie man hörte, lebte er schon seit Jahren in Florida und interessierte sich nur rudimentär für die Belange seines Hauses.

Falls die Zahlen, die man ihm per Fax übermittelte, mal nicht stimmten, meldete er sich telefonisch, um sich zu erkundigen, wer oder was für die negativen Daten verantwortlich sei. Da dies aber in der Regel kaum vorkam, ließ er uns weitestgehend in Ruhe.

Der rüstige, ältere Herr redete zunächst ein paar Stunden auf Hintze ein, versuchte diesen zu überzeugen, dem Hotel auch weiterhin treu zu bleiben. Er warf seine gesamte Überzeugungskraft in die Waagschale, bot horrende Bezüge an, allein es half alles nichts. Hintze blieb seinem zuvor gefassten Entschluss treu.

Dann machte sich der Alte daran einen neuen Direktor zu suchen.

Scheinbar war unser Hotelbesitzer besonders kritisch oder setzte seine Maßstäbe unermesslich hoch, denn keiner der Herren und Damen, die sich in den darauf folgenden Tagen bei ihm vorstellten, genügte seinen Vorstellungen.

Letztendlich fiel seine Wahl auf einen Herrn Lämmermann, einem ca. 50 - jährigen Hannoveraner.

Die Referenzen, die der untersetzte Herr mit Brille und bereits gänzlich ergrautem Haarkranz, vorlegte, hatten es in sich. Neugierig wie ich von Natur aus war, warf ich einen kurzen Blick in die Vita des Bewerbers, als ich in Hintzes Büro auf den Direktor wartete, um das wöchentliche Service - Meeting abzuhalten.

Fast alle Hotelketten, die Rang und Namen hatten, waren schon von Lämmermann betreut worden. Hilton, Mercure, Dorint, Kempinski. Stets war in seinen Zeugnissen von erfolgreicher Zusammenarbeit und erstklassigen Verkaufszahlen die Rede. Kein Wunder, dass unser Hotelbesitzer beeindruckt war. Für den gab es nichts Größeres als fette Umsätze. Jetzt hatte er also seinen Bruder im Geiste gefunden.

Unser Herr Hintze arbeitete seinen Nachfolger noch gründlich ein, gab ihn auch noch den einen oder anderen persönlichen Ratschlag, etwa die menschlichen und sozialen Komponenten nicht zu vernachlässigen. An seinem letzten Arbeitstag verabschiedete er sich von jedem Mitarbeiter persönlich und weg war er.

Unser alter Hotelpatron hatte scheinbar so viel Vertrauen in seinen Auserwählten, dass er diesen nach Gutdünken walten ließ. Er begab sich wieder in die Sonne Floridas und wartete am Monatsanfang auf die Umsatzzahlen des Vormonats. Alles wie gehabt.

Für uns dagegen brach eine völlig neue Ära an.

Es ging schon mit der Begrüßung los. Hintze hatte uns stets geduzt, nur wenn er ernste Botschaften zu verkünden hatte, operierte er mit dem Familiennamen und dem Zusatz Herr oder Frau.

Der Neue achtete streng auf ein distanziertes Miteinander. Ein kühles, nüchternes „Herr Maier, haben Sie kurz Zeit", dazu nicht einmal den Anflug eines Lächelns.

Kein legeres Auftreten, wie bei seinem Vorgänger, der Gäste gerne in abgewetzten Cordhosen und Rollkragenpulli empfing und somit sofort vertrauenserweckend wirkte, weil sich die Gäste mit ihm und unserem Haus identifizierten.

Der Neue erschien nie ohne vollständige Business - Ausrüstung. Edle 3 - Teiler, teure Krawatten, Lederaktentasche von irgendwelchen Modefirmen, die sich auf den „Mann von Welt" spezialisiert hatten, dazu obligatorische Accessoires wie Breitling Uhr und seidenes Ansecktuch.

Ein akkurater Kurzhaarschnitt und modische Joop - Brille verstanden sich von selbst.

Was den kleinen Feldwebel wohl in unseren kleinen Gasthof verschlagen hatte? Ob er sich darüber im Klaren war, dass unser Haus so völlig anders war als die, in denen er vorher tätig war?

Wir hatten nichts gemein mit den größtenteils anonymen Bettenbunkern a la Mercure oder Hilton.

Keine An - und Abreise im 24 Stunden Takt, dazu am Abend fix ein Dinner auf Spesenkosten eingeschoben. Keine hochrangigen Politiker treffen, keine Wirtschaftsbosse und keine Rockstars, die nach Ihrem Auftritt in der Stadthalle noch fix das Hotelzimmer zertrümmerten, damit die Zeitungen am nächsten Tag darüber berichten konnten.

Unsere bescheidene Herberge hatte ehrliche 3 Sterne erworben, davon einen unter anderen für das Vorhandensein einer Behindertentoilette. Die anderen zwei wahrscheinlich für den Schuhputzautomaten in der Lobby oder dem Schnurrbart des Küchenchefs.

Wir warteten mit insgesamt 14 Zimmern auf, von denen meistens nur 8 oder 9 während der Hochsaison oder bei Messen belegt waren. Die anderen dienten als Personalunterkunft für die polnischen Spüler während der Sommerzeit.

Das Hotel lebte vorwiegend von seinen Gasträumen. Die Terrasse öffnete bei schönem Wetter schon im März und das Mobiliar wurde erst im Spätherbst in Sicherheit gebracht, wenn auch die kälteresistentesten Gäste lieber in den beheizten Innenräumen Platz nahmen.

Drinnen hatten wir Platz für bis zu 350 Gäste. 2 Hauptrestaurants und drei kleinere Stuben für Familienfeste. Dazu kam eine Kegelbahn im Keller mit dazugehöriger kleiner Bar.

Zu unserer Klientel gehörten, ganz klar bei direkter Lage an der Weser, vorwiegend die Touristen, die sich an der maritimen Seefahrt erfreuten. Vor allem während der warmen Zeiten boten wir den Gästen aus Bayern, Hessen oder Rheinland alles, was an Stereotypen möglich war. Jedes Klischee wurde bedient. Matjes essen, Shanty - Chöre, ausgediente Kapitäne, die den Kunden gegen einen kleinen Obolus oder ein paar Haake Beck Pils, spannende Geschichten erzählten.

Im Winter überlebten wir dank der zahlreichen Stammkunden, die unser Haus wegen der sehr guten Küche und unserer Gastfreundschaft die Treue hielten.

Was andere Häuser gerne für sich als Wahlspruch plakatierten, war bei uns Selbstverständlichkeit. „Aus Gästen Freunde machen".

Mit seiner gutmütigen, freundlichen Art hatte Hintze es geschafft ganze Generationen von Kunden an unser Haus zu binden. Sämtliche Familienfeste der umliegenden Gemeinden wurden bei uns ausgerichtet. Wir waren nahezu konkurrenzlos.

Die Preise waren fair und angemessen und der Service aufmerksam und herzlich.

Hintze war fast mit jedem per Du. Stets gutgelaunt und ein sympathischer, liebenswerter Zeitgenosse, der einfach mit allen gut konnte, wie es so schön heißt.

Er hinterließ Fußstapfen, so groß wie die Abdrücke eines ausgewachsenen Mammuts, Godzillas oder was auch immer an Superlativen existierte.

Lämmermann hatte, soweit ich das beurteilen konnte, relativ kleine Füße. Sowieso war der neue Direktor eher untersetzter Natur.

Er litt unschwer unter dem „Napoleon Syndrom“; eine Charakterausbildung, die vor allem Menschen mit geringen Körperwuchs zu eigen war. Leute, die versuchen, ihre körperlichen Unzulänglichkeiten durch besonders martialisches oder herrisches Auftreten zu kaschieren. Typen, die in der Jugend wegen ihrer Zwergen Größe gehänselt wurden und später Bodybuilder und Polizeibeamte wurden oder zur Armee gingen. Oder aber als Hoteldirektor in einem kleinen Gasthof am Weserstrand anheuerten, um den Angestellten das Leben schwer zu machen.

Lämmermann passte in unseren Laden wie Frauen in ein Fußballstadion.

Von den Gästen, die zu Hintzes Abschied wie zu einer Wallfahrt in Strömen gekommen waren, wurde der Neue sofort argwöhnisch unter die Lupe genommen.

Dessen Erscheinungsbild und sein Auftreten waren vielen gleich von Anfang an ein Dorn im Auge.

Selbst der Bürgermeister erschien zum Sonntagsplausch in Jeans und Strickjacke und die Gäste schätzen unser Haus als Tempel der Gemütlichkeit, wo man notfalls auch in Pantoffeln zum Essen gehen konnte, ohne schief angesehen zu werden.

Die erste Amtshandlung unseres Hoteldirektors bestand darin, im Eingangsbereich ein Schild anzubringen, auf welche in großen Lettern stand: „Bitte achten Sie beim Betreten des Restaurants auf angemessene Kleidung.“

Wer musste sich den Unmut der Gäste ob solcher Ansagen stellen? Ich, jawohl.

Als Restaurantleiter war ich die ärmste Sau. Bindeglied zu sein zwischen Direktion und den anderen Angestellten war in diesen Tagen keine leichte Aufgabe.

Die Kellner forderten mich andauernd auf, dem „Volltrottel" dieses oder jenes auszurichten und überhaupt, könne er sie mal kreuzweise.

Der „Volltrottel" dagegen wies mich fast jeden Tag an, gewisse neue Ideen an das Servicepersonal zu delegieren, wohl wissend, dass diese mich alleine für die Botschaft in Stücke reißen würden.

Unter der neuen Leitung gab es fast jeden zweiten Tag irgendein Meeting. Ständig wurden Küchenchef, Serviceleitung und Hausmeister zusammen getrommelt, um über Probleme zu debattieren, von denen wir noch nicht einmal wussten, dass wir sie hatten.

Lämmermann war ein grauer Theoretiker der schlimmsten Sorte. Keine Ahnung von Menschenführung, unsensibel und uninteressiert gegenüber den Kunden aber in der Buchführung zu Hause wie kaum jemand sonst.

Zahlen und finanzielle Aspekte waren seine Domäne. Hier tobte er sich aus und feierte seine Höhepunkte.

Er baute eines seiner Büroräume wie einen Schulungsraum um und demonstrierte uns dort sein gesammeltes Fachwissen. Riesige Schautafeln waren aufgebaut, mit Koordinaten, Diagrammen, grafische Darstellungen in Chiffren. Weiß der Teufel, wo er den ganzen Unsinn angeschleppt hatte.

Hier hielt er uns, den sogenannten leitenden Angestellten, stundenlange, unendlich quälende Vorträge zur aktuellen Situation des Hauses und seinen Plänen zur Gewinnmaximierung. Selbst das Gebiss reinigen im Altersheim musste da spannender sein.

Wie schon erwähnt, ich war nur durch Zufall in die Restaurantleiterposition gerutscht und war nie über den Hauptschulabschluss hinausgekommen und auch unser Küchenchef war eher einfach gestrickt.

Ein begnadeter Koch, der das was er machte, mit Leidenschaft und Disziplin tat und für den die kulinarische Befriedigung des Gastes eine Herzensangelegenheit war.

Nun sollte er plötzlich über Wareneinsätze und Kalkulationen referieren. Wie zu erwarten war der gute Mann damit heillos überfordert.

Auch wurden wir zwei angewiesen Mitarbeiter - Protokolle zu erstellen, Persönlichkeitsdiagramme, mit individuellen Stärken und Schwächen. Dass wir darauf nicht sonderlich erpicht waren, versteht sich von selbst. Außerdem kamen uns derlei Aufgaben moralisch höchst fragwürdig vor. Die eigenen Kollegen ausspionieren, Stasi - Methoden waren das.

Dabei hielt Lämmermann scheinbar große Stücke auf mich, wähnte mich als seinen Vertrauten und versprach mich zu fördern, da ich, so meinte er, so etwas wie großes Potential als Führungskraft besaß.

Seine Gunst mir gegenüber weckte natürlich das Misstrauen der Kollegen. Es wurde getuschelt und in meiner Gegenwart Gespräche sofort beendet. Da perfekte Klima für Masochisten.

Kein Wunder also das ich den Urlaub einfach nur herbeisehnte, ja so dringend brauchte, wie keinen zuvor.

Ich fühlte mich ausgebrannt und ausgelaugt. Ich brauchte Zeit zum Wunden lecken, zum Nachdenken, Batterien aufladen und neue Lebensenergie schöpfen. Es galt so vieles aufzuarbeiten.

Unter der kanarischen Sonne wollte ich regenerieren und neue Tatenkraft schöpfen.

Nach langen hin und her hatten Ingeborg und ich uns für Gran Canaria entschieden. Bei meiner Reisebegleiterin standen dabei vorwiegend finanzielle Aspekte im Vordergrund. Erzieherinnen stehen, wie auch Gastronomen, nicht allzu weit vorne in der Verdiensthierarchie.

Als wir dann im Flugzeug über den Wolken schwebten, ließ meine Anspannung allmählich nach und so etwas wie Urlaubsfreude kam auch.

Die letzten Tage waren eher mit meiner Angst einhergegangen, bloß nichts vergessen zu haben.

Habe ich auch an alles gedacht? Neuen Film für die Kamera? Die beiden Reiseführer rechtzeitig eingetroffen? 7 Paar Socken und sieben Mal frische Unterwäsche für die einwöchentliche Reise?

Strickpulli, falls es abends kühl wurde? Meine Medikamente?

Mit zwei riesigen, nagelneuen Travelite Hartschalenkoffern war ich am Flughafen angekommen, Ingeborg dagegen nur mit einer mittelgroßen pinkfarbenen Reisetasche. Verkehrte Welt halt.

Apropos Ingeborg. Selbstredend war sie nicht pünktlich am vereinbarten Treffpunkt am Flughafen eingetroffen. Ich, der ich schon eine halbe Stunde früher aufgetaucht war, hatte nichts anderes erwartet.

Meine Nervosität sprengte schon fast den normalen Rahmen, als das Mädchen dann endlich beim dritten und letzten Boarding Aufruf angehetzt kam.

Erst nachdem der Flieger abgehoben hatte nahm ich die Konversation zu ihr auf.

„Ja also. Dann beginnt sie jetzt also unsere lang geplante Reise, was?“

Na wenn das mal nicht ein echter Einstiegs - Burner war. Sollte irgendwann ein Preis für die schlechteste Dialog - Eröffnung vergeben werden, mir wäre ein Platz in der Top Ten gewiss.

Ingeborg ließ sich von meinem verbalen Fehltritt nicht beeindrucken, gähnte kurz und streckte sich wie eine rollige Katze.

„Ja richtig. Los geht´s"

War auch nicht sonderlich originell.

„Sag mal, was war denn da los vorhin?" wagte ich einen neuen Plauderversuch.

Das Mädchen begutachtete gerade ihr Aussehen in einem kleinen Handspiegel und schien nicht sonderlich zufrieden mit dem was ihr da entgegen grinste. Sie zupfte hier und da an ihrer Haarpracht herum, sah mich dann mit zusammen gekniffenen Augenbrauen fragend an.

„Äh, was meinst du jetzt genau?"

Sie verstand es wirklich nicht.

„Dein Zuspätkommen meine ich."

Sie sah mich noch immer unverständlich an.

„Wieso? Ich bin doch nicht zu spät gekommen. Wir sitzen doch beide im Flieger oder?"

Sie lächelte überlegen.

Oh, wie sie es verstand mich zu reizen. Wo ich doch sonst eine Mischung aus Dalai Lama und Ghandi war. Unerschütterlich und abgeklärt.

„Zu unserem Treffpunkt bist Du sehr wohl zu spät gekommen. Wir hatten gesagt, 17.20 Uhr am TUI Schalter."

Ich gab mich überlegen und triumphierte heimlich. Das war nun einmal Tatsache und konnte nicht von ihr verdreht werden.

Sie gähnte noch einmal leise und schüttelte ihre prächtige Mähne.

„Der kleine Manuel hat eine Murmel verschluckt und ich habe ihn noch schnell ins Krankenhaus gebracht. Du weißt ja, dass ich heute noch bis Mittag gearbeitet habe."

Das reichte ihr als Erklärung und sie schwieg einfach.

Ich zunächst auch, nur das ich fieberhaft überlegte, ob ich ihr die Story abkaufen sollte. Wahrscheinlich verarschte sie mich gerade aufs Feinste.

„Eine Murmel" seufzte ich leise „eine Murmel? Wie groß war die denn bitte schön? Was kann die denn für einen Schaden anrichten? Beim nächsten Toilettengang wäre die doch garantiert wieder rausgeflutscht. Oder ist euer Kindergarten so arm, dass ihr nur die eine Murmel habt?"

Was mir manchmal für witzige Sachen einfielen. Schon erstaunlich.

„Nee, natürlich nicht. Wir haben haufenweise Spielzeug für die Kleinen. Trotzdem – man weiß ja heutzutage gar nicht mehr, was in solch einer Murmel alles drin ist. Ganz früher waren die aus Glas und sind leicht kaputt gegangen und jetzt eigentlich nur noch aus Plastik oder Gummi. Die meisten kommen jetzt aus dem asiatischen Raum und wie bei den Fußbällen weiß kaum noch einer wer genau die anfertigt und wie und womit exakt produziert wird. Weiß der Geier wie so ein kleiner Körper auf den Fremdkörper reagiert."

Den ganzen Vortrag ratterte Ingeborg einfach mal so, halb lethargisch, mit geschlossenen Augen herunter. Ich war mir nicht sicher, ob sie das jetzt ernst meinte oder das zu ihrem Plan gehörte, mich gründlich auf den Arm zu nehmen.

Wieder überlegte ich kurz, machte „Ha" und sah sie überlegen grinsend an.

„Aber glaubst Du nicht auch, dass, angenommen die Murmel wäre tatsächlich in irgendeiner Form gesundheitsschädigend, es nicht eine großangelegte Rückrufaktion gegeben hätte? Seitens des Herstellers, dessen Kontrollteams oder des hiesigen Vertreibers. Man kennt das doch auch von Autoherstellern. Stichwort „Elchtest", damals beim Smart."

„Das war die A - Klasse mein Lieber und soweit ich weiß, gibt es keine Elchtests bei Murmeln, da diese kaum jemals mit einem Elch kollidieren."

Ich schnappte nach Luft, wie ein Fisch an Land und zitterte innerlich vor Wut.

Was für eine Unverschämtheit. Mir so das Wort im Munde umzudrehen.

Aber Madam setzte noch einen drauf.

Sie setzte sich kurz kerzengerade auf, zwinkerte mir zu und raunte: „Hey Reisebegleiter, ich mache jetzt auch mal das Murmel ...Tier und hau mich ein wenig aufs Ohr. Weck mich bitte wenn wir landen...oder abstürzen."

Dann lehnte sie sich gemütlich in ihren Sitz zurück, zog die Decke hoch und schloss die Augen. Wie schnell sie doch gleich darauf eingeschlafen war und friedlich vor sich hin schnarchte.

Ich bebte immer noch vor Wut. Das ich mich auf solch eine sinnlose Diskussion überhaupt eingelassen hatte. Das war doch normal gar nicht meine Art.

Zur Abwechslung hörte ich etwas Musik. Mein eigener Player befand sich ganz unten im Koffer und der amüsierte sich gerade köstlich mit dem Gepäck der anderen Passagiere - allerdings im Frachtraum.

Also war ich auf das Unterhaltungsprogramm von Air Berlin angewiesen. Zunächst verirrte ich mich auf den Comedy Kanal. Zu hören war irgendein Nachwuchs Humorist, der es hoffentlich nie zu größerer Bekanntheit bringen würde. Ein frommer Wunsch, der schon bei Mario Barth und Cindy aus Marzan nicht in Erfüllung gegangen war.

Höhepunkt der unlustigen Schenkelklopfer - Parade war irgendein Unfug mit Übersetzungen von deutsch ins Französische.

„Was heißt Manfred, lass uns Liebe machen auf Französisch? Ja richtig – Manifique".

Hahaha, was für ein Brüller.

In dem Niveau ging es weiter und ich wechselte schnell auf dem Pop Kanal.

Wie nicht anders zu erwarten nichts als langweiliges Mainstream Gedudel. Schlimmer Einheitsbrei und so beliebig wie Reiskörner.

Britney Spears. Die Königin der sexuellen Selbstausbeutung hatte irgendwas Neues am Start. „My Body hurts" oder so ähnlich. Kein Wunder, dass der Notenmörderin der Körper brannte. Als aufmerksamer „Gala" – Leser wusste ich natürlich, dass Frau Spears gerade für ihr Comeback Versuch 15 Kilo durch eiserne Diät und ganz viel Sport abgenommen hatte.

Ach Britney, warum bist du nicht einfach in der Versenkung verschwunden geblieben und hättest einen Ghostwriter gemietet, um deine Memoiren unters Volk zu bringen.

Als nächstes eine aufgepimte Neuinterpretation von „Ice Ice Baby", dargeboten von einer gecasteten Boygroup aus den Niederlanden. Mats, Piet und Tommy haben in ihrer WG in Kerkrade soeben das Altpapier weggeraucht und kommen auf die brillante Idee, den überflüssigsten One Hit Wonder aller Zeiten zu covern.

Das Original stammte noch vom härtesten Rapper der Welt – Ice MC. Ein hellhäutiger Schlacks, der überall herumposaunte, dass er im schlimmsten Ghetto von L.A. groß geworden sei. Seine Karriere hatte „leichte Risse" bekommen, als heraus kam, dass er in Wirklichkeit noch bei Mami und Papi, wohlbehütet am Stand von Malibu lebte.

Gerade wurde die Sample Gitarre zu einer weiteren musikalischen Offenbarung angestimmt, als ich mitbekam, dass Ansagen aus dem Cockpit zu hören waren.

Das konnte nur spannender sein als die Grusel Kanäle der Fluglinie.

Eine leicht überdrehte Männerstimme war zu vernehmen, eindeutig einer Person zuzuordnen, die Oma gerne hinter vorgehaltener Hand als „die von der anderen Fakultät" bezeichnete.

„Meine Damen und Herren, hier spricht ihr Kapitän. Nun sind es nur noch 2 Stunden und dann landen wir pünktlich und planmäßig auf Lanzarote. Bis dahin wünsche ich Ihnen noch eine angenehme Zeit an Bord unseres Ferienfliegers."

Schon sah ich wie die Passagiere zunächst völlig verwirrt drein schauten, um sich dann gegenseitig anzustoßen und zu überprüfen, ob der Mitreisende soeben das Gleiche gehört hatte. Die ersten kramten schon in ihren Flugunterlagen und studierten das Kleingedruckte.

Lanzarote?

Eines der Crewmitglieder konnte soeben noch die Massenpanik abwenden und informierte den Kapitän über dessen Fauxpas.

Schon meldete sich der zerstreute Flugzeugführer wieder zu Wort.

„Also, meine sehr geehrten Damen und Herren. Selbstverständlich fliegen wir heute nicht nach Lanzarote, da war ich nämlich vorgestern erst, sondern nach Teneriffa. Einen schönen Flug noch."

Wieder das gleiche Theater wie kurz zuvor.

Der Pilot musste inzwischen vom Tower Sprachverbot erteilt bekommen haben, denn der meldete sich während des gesamten Fluges nicht mehr zu Wort.

Dafür wanderten die Flugbegleiter durch die Gänge der Boing und klärten die Passagiere über das erneute Missgeschick auf.

In meiner Sitzreihe hielt ein, ebenfalls latent der Männerliebe nicht abgeneigter Steward, den Servicewagen mit dem Lunch vor sich herschiebend und erklärte den Versprecher mit den Worten:

„Ach nein, der Tobi wieder. Ich meine Kapitän Tobi, also Tobias, Herr Engelmann. Hat wohl gestern wieder mit den Jungs zu viel gebechert im Bienenkorb. Caipi. Hahaha. Dass man den heute überhaupt hat fliegen lassen. Kein Verlass mehr auf die Kontrollen."

Dann hielt er kurz inne und besann sich auf seine eigentliche Aufgabe.

„Ach so, der Herr, was darf es denn zu essen sein? Ich habe gebackenen Kabeljau im Angebot oder Picata Milanese."

Ich winkte müde lächelnd ab.

„Vielen Dank aber ich esse niemals an Bord eines Flugzeuges."

Der Steward sah mich ungläubig an.

„Aber die Picata ist ganz ausgezeichnet und ausnahmsweise sogar mal frisch. Hahaha"

Leicht gereizt entgegnete ich.

„Danke. Ich möchte wirklich nichts."

Der Flugbegleiter sah mich verächtlich an und schob seinen Wagen rasch weiter. Dann überlegte er es sich noch einmal anders, zog den Wagen zurück zu meinen Platz und flüsterte verschwörerisch:

„Ich habe auch noch Käsekuchen. Aber pssst."

Mein zorniger Blick musste ihn dann doch bewogen haben, rasch das Weite zu suchen.

Kapitän Tobi schaffte es tatsächlich die Mühle sauber zu landen und schon waren wir auf Gran Canaria.

Ingeborg erwachte auch rechtzeitig, sah mich mit ihren Kulleraugen an und fragte unschuldig: „Habe ich irgendetwas verpasst?"

„Nur die Crew der Traumschiff Surprise" knurrte ich.

„Die was?"

„Schon gut. Lass uns das Gepäck holen."

Wer nun glaubt, das wäre genug an Slapstick für einen Tag, dem darf ich versichern, dass dem nicht so war. Die Götter hatten wahrscheinlich gerade Karnevalsbeginn oder besonders gute Laune.

Zunächst lief alles nach Schema F ab. Also die ganz normalen Abläufe, die einen erwarten, wenn man eine stinknormale Pauschalreise gebucht hat.

Reisegepäck in Empfang nehmen, kurz checken, ob auch alles heil den Flug überstanden hat, dann Ausschau halten nach dem Empfangsmitarbeiter des Reiseveranstalters.

Weltgewandt wie ich nun mal war, hatte ich auf einen Transfer vom Flughafen ins Hotel bestanden.

Keine Lust nach dem anstrengenden Flug auch noch spanische Busverbindungen zu studieren.

Wir fuhren gut eine Stunde in einen nach Ruß stinkenden Überlandbus, dann bogen wir in die Auffahrt unseres Hotels ein.

Das „Las Dunas" reichte für unsere Zwecke völlig aus. Für architektonische Raffinessen hatten die Canarios scheinbar nicht viel übrig, denn unsere Herberge passte sich in seinem Baustil den übrigen Hotels in der Gegend an.

Bettenburgen, Betonklötze, Zweckbauten und das alles mit dem Charme von DDR Herbergen in den 70´Jahren. Farben für den Außenanstrich waren wohl ebenfalls Mangelware. Grau in Grau präsentierten sich die Touristen - Quartiere. ´Hoffentlich gibt es wenigstens Bananen´ meldete sich mein Kleinhirn kurz zu Wort.

Ich wollte nicht ungerecht sein. Wir hatten für überschaubares Geld 2 Zimmer in einem Hotel nicht weit vom Strand gebucht und unsere Behausung für die nächsten sieben Tage hatte alles andere als oberste Priorität. Hier standen Sonne und Wasser an vorderster Stelle. Also fair bleiben.

Eine routinierte Rezeptionsmitarbeiterin erledigte die Formalitäten. Ausweis kopieren, Schlüssel aushändigen und ein paar erste Informationen zu unseren Aufenthaltsort.

Ingeborg war aufgefallen, dass ich das gesamte Einchecken - Prozedere in englischer Sprache absolviert hatte. Sofort versetzte sie mir einen kleinen Stoß in die Rippen.

„Sag mal, dafür das Du immer so weltmännisch tust, bist Du aber nicht gerade allzu sprachbegabt oder? Hättest wenigstens ein paar Worte Spanisch lernen können. Eine einfache Begrüßung wäre schon mal ein Anfang."

Ich seufzte leise und zischte: " Warum hast Du denn nicht ein paar Brocken spanisch gelernt? Hast doch wahrscheinlich mehr Zeit gehabt als ich. Frau Pädagogin " fügte ich mit ausdrücklicher Betonung hinzu.

„Wer sagt denn, dass ich mehr Zeit hatte" entgegnete sie schnippisch „außerdem bin ich keine Pädagogin, sondern Erziehern. Den Unterschied solltest selbst Du kennen."

Zum Glück erreichten wir unsere Zimmer, sonst wäre dieser Streit gleich eskaliert. Das hätte einen wunderbaren Urlaubsauftakt gegeben.

Wir hatten jeweils ein Doppelzimmer zur Alleinbenutzung gebucht. Die Räumlichkeiten befanden sich im 8. Stockwerk des 12 Etagen - Betriebes. Wir wohnten gegenüber.

„Gleich noch zusammen essen?" fragte ich kurz und prägnant.

„Sicher. Ich habe einen Bärenhunger. Also dann, ich klopfe in 10 Minuten."

Den Bärenhunger hatte ich mittlerweile auch. Die letzte Mahlzeit lag gut 9 Stunden zurück.

Mittlerweile war es bereits 23. 10 Uhr und die Küche des Restaurants schloss um 23.30 Uhr. Darauf hatte die Empfangsdame ausdrücklich hingewiesen. Keine Ausnahme - für niemanden.

Keiner von uns beiden machte sich die Mühe zu duschen oder in ein neues Gewand zu schlüpfen.

Ich packte lediglich die Koffer aus und machte mich kurz frisch.

Der Gastraum war bei unserem Eintreffen schon völlig leer gefegt. Sicherlich waren die Angestellten gerade im Begriff zu schließen, um sich anschließend ein schönes Feierabendbier zu gönnen.

Ich kannte das nur zu gut von meiner eigenen Arbeitsstätte. Die Vorfreude auf einen frühen oder pünktlichen Feierabend und dann rauschen doch noch zwei Gäste ins Lokal und merken scheinbar nicht, wie unerwünscht sie waren.

Jedenfalls vernahmen wir bei unserem Eintreffen ins leere Restaurant fröhliche Stimmen und lautes Gepfeife aus dem Mitarbeiteroffice. ´ Ha, dass berühmte mediterrane Gemüt´ dachte ich ´immer fröhlich und gut gelaunt. Da können wir Deutsche uns mal eine dicke Scheibe von abschneiden. ´

Die vielgelobte mediterrane Gastfreundschaft unseres Gastgebers verflog auf der Stelle, als er uns in seinem Lokal erblickte. Ein älterer, rundlicher Kellner stand plötzlich im Raum und sein Lachen erstarb augenblicklich.

Im ernsten Ton fragte er uns irgendetwas in spanischer Sprache und ich erklärte ihm auf Englisch, dass wir sehr hungrig seien, da wir eine lange Reise hinter uns hätten.

Unwirsch wies er auf einen Platz in der Mitte des Raumes.

Gegenüber unserem uns zugedachten Tisch stand ein riesiger Fernsehapparat. Irgendeine Talk Show lief und die Tonstärke war extra laut.

Ganz klar. Der alte Service - Trick. Es den Gästen so ungemütlich wie möglich machen, damit die gar nicht erst auf die Idee kamen, sich hier länger als 20 Minuten einzunisten. Da hätte ich den guten Mann beruhigen können. Das hatten wir nicht im Geringsten vor. Dazu waren wir einfach zu erschöpft von der Anreise.

Der spanische Kellner rief im Befehlston ein paar Worte in Richtung Office und ein sehr junger zweiter Kellner trottete heraus. Wahrscheinlich ein Auszubildender oder eine Hilfskraft, die ebenfalls bereits andere Pläne gehabt hatte, als nun noch zwei hungrige Touristen bedienen zu müssen.

Auf sein Geheiß hin brachte der Kleine uns die Speisekarten.

Ein Glück nur, dass alle Gerichte in drei verschiedenen Idiomen einzusehen waren, sonst hatte die Wahl unsere Gerichte bis in die frühen Morgenstunden gedauert.

Wir entschieden uns beide für eine Pizza.

Herrlich. Der erste Tag in Spanien und wir hatten nichts Besseres zu tun als italienisches Essen zu bestellen. Aber andererseits, wenn die das nun mal anboten...

Der ältere, dicke Kellner höchstpersönlich nahm mit stoischer Miene unsere Bestellung auf.

Was wir zu trinken wünschten, fragte er in gebrochenem Englisch.

´ Ha, meine liebe Ingeborg´ dachte ich ´ wollen doch mal sehen, wer von uns Beiden kein Wort in der Landessprache hinbekommt. ´

Ungeachtet der mürrischen Laune unseres Kellners versuchte ich etwas Heiterkeit in die unterkühlte Szene zu bringen.

„Due Birre per favore. Grande Birre. "

Die Gesichtszüge unserer spanischen Bedienung froren jetzt komplett ein. Wahrscheinlich nahm er an, wir wären nur zwei lustige Scherzbolde, die ihm seinen wohlverdienten Feierabend vermiesen wollten.

„Nicht schlecht" staunte Ingeborg.

Der Kellner hingegen wandte sich von uns ab und raunte dem Auszubildenden zu: „Estupido aleman. Solo Cerveza."

Als wir später unsere lieblos und schnell produzierte Pizza aßen schwänzelten die beiden Kellner ständig um unseren Tisch herum und der Dicke flüsterte dem Kleinen irgendwelche Dinge in die Ohren, woraufhin dieser laut lachte und zu uns herüber schaute.

Es war erbärmlich und kaum zu ertragen aber es kam noch schlimmer.

Die Beiden standen kaum fünf Meter hinter uns und immer wenn das Bild im Fernseher dunkel wurde, konnten wir wie in einem Spiegel sehen, was die Knilche da trieben.

Der Dicke machte abwechselt auf Wehrmachtsoldat oder Hitler. Stand stramm, knallte die Hacken zusammen oder improvisierte mit angedeuteten Oberlippenbärtchen und angelegtem Arm den Hitlergruß.

Es war unvorstellbar - wie in einem schlechten Film.

Ich drehte mich blitzschnell um, und der Dicke hielt in der Bewegung inne, tat als wäre nichts vorgefallen.

Kaum wand ich mich wieder meinem Essen zu ging seine Show weiter. Es war demütigend.

„Siehst Du was die da treiben?" zischte ich Ingeborg zu.

Wahrscheinlich hatte sie noch gar nicht mitbekommen, was da für ein Film ablief.

Sie zuckte nur mit den Schultern und gab kurz zu Protokoll: „Die verarschen uns. Na und? Laß ihnen doch den Spaß."

Sie kaute weiter an ihrer Schinken - Käse Pizza.

„Ja aber, wie kann Dich das denn so kalt lassen? Wir sind doch hier zu Gast. Außerdem geht der Spaß eindeutig zu weit. Du schau mal, die machen einen auf Hitler, weil wir Deutsche sind."

„Wären wir Italiener würden sie den Mussolini machen. Was ist schon dabei? Das ist halt das prägnanteste was ihnen zum Thema Deutschland einfällt. Wie wenn nicht mit Hitler sollten sie uns mimisch darstellen? Da bleibt ja dann nicht mehr viel."

„Ja aber - wir sind schließlich 25 Jahre nach Kriegsende geboren. Was haben wir denn noch mit Hitler zu tun, außer der Gewissheit, dass die Nazizeit immer zu unserer Geschichte gehören wird?"

Ich ereiferte mich schon wieder, wie ich es des Öfteren in Ingeborgs Nähe tat, aber das Mädchen kaute seelenruhig weiter und erwiderte trocken: „Ja eben. Gerade weil wir solch eine Distanz zur NS - Zeit haben, sollten wir auch mal über Hitler lachen dürfen oder nicht gleich in Schockstarre verfallen, wenn andere es in unserer Nähe tun."

Scheinbar konnte oder wollte sie nicht verstehen, was mir hier so sauer aufstieß. Immerhin war ich Gast und hatte einen Haufen

Geld bezahlt, da durfte ich doch zumindest ein paar gute Manieren erwarten. Aber selbst das war scheinbar zu viel der Erwartungshaltung.

Ich gab auf und aß meine kalte Pizza rasch zu Ende.

Ich schlief wie ein Stein und als ich am nächsten Morgen erwachte, waren alle negativen Gedanken der letzten Tage und Wochen verschwunden. So als hätte es sie niemals gegeben.

Ich öffnete die Tür und trat hinaus auf den Balkon.

Wunderbar. Einfach herrlich. Ein perfekter Tagesbeginn.

Die Sonne strahlte mit mir um die Wette und um 9.00 Uhr hatte es schon satte 23 Grad. Im Tagesverlauf würden die noch locker getoppt werden. Kein Wölkchen am Himmel und nur eine leichte Brise. Genau richtig, um nicht ins Schwitzen zu kommen.

Überhaupt meinte der Wettergott es sehr gut mit uns Beiden. Ich hatte selbstverständlich schon Daheim im Internet das Kanaren Wetter für die nächsten 7 Tage gegoogelt und ausschließlich positive Nachrichten erfahren.

Endlich würde ich etwas Farbe bekommen und zur Erholung kommen.

Die ersten drei Tage wollte ich einfach nur am Strand liegen und lesen. Ich hatte mir extra zwei Bücher mitgenommen, die ich in diesem Urlaub abarbeiten wollte. Den neuen Follett und eine Biografie über Professor Ferdinand Sauerbruch.

Zwischendurch ein paar Runden schwimmen aber bloß keine weiteren sportlichen Aktivitäten.

Schon gar nicht irgendwelche neuen Trendsportarten wie Kite Surfen oder Stand up Paddling.

Ab Tag 4 durfte es dann auch etwas Kultur sein. Wie bereits erwähnt hatte ich mir dafür extra Lektüre von Amazon schicken lassen. Ich wollte den Roque Nublo sehen, den Palmitos Park und natürlich die berühmten Sanddünen.

Im Vorfeld hatte ich mich selbstverständlich mit Ingeborg ausgetauscht, wie ihre Urlaubspläne aussahen.

Unseren Gesprächen nach zu urteilen, lagen wir in etwa auf derselben Wellenlänge.

Ich ordnete der Einfachheit halber Aussagen wie „schauen wir mal", „einfach mal auf mich zukommen lassen", „keine Ahnung, ich habe schon so lange keinen Urlaub mehr gemacht" einfach mal in diese Kategorie.

Jetzt hatte ich erst einmal Lust auf ein richtig schönes Frühstück unter freiem Himmel.

Hatte ich mit Ingeborg eine Zeit ausgemacht? Ein Zeichen? 3-mal klopfen, 2-mal kurz 1-mal lang?

Egal, ich versuchte es einfach mal. Auch beim vierten Klopfen keine Antwort.

´Wahrscheinlich schläft sie erst einmal bis in die Puppen´ dachte ich.

Na sei es drum. Die Gute hat sicherlich auch Nachholbedarf. Wobei, Kindergartenjobs gingen ja in der Regel auch nicht bis in die Puppen oder? Die fielen doch eher in die Kategorie „feste Arbeitszeiten".

Welche Ausreden gab es also dann, so ausgiebig an der Matratze zu lauschen?

Vielleicht hatte sie ja auch irgendwelche Macken, von denen ich bisher noch nicht wusste. Vor dem Frühstück erst einmal ´ne Stunde joggen oder etwas in der Art. Oder sie war extrem früh aufgewacht und erkundigte zunächst einmal alleine die nähere

Umgebung. Aus Rücksicht auf meine fragile Natur hatte sie mich extra nicht geweckt.

Sei es drum. Ich hatte jetzt einen wahnsinnigen Durst auf eine schöne, heiße Tasse Kaffee. Sollte Ingeborg doch später dazu stoßen. Danach konnten wir ja gleich zusammen an den Strand. Von unserem Hotel aus waren es höchstens zehn Minuten.

Ein hübsches Plätzchen im Halbschatten hatte ich schnell gefunden. Dabei fiel mir ein, dass ich auf gar keinen Fall vergessen durfte, meine Reisebegleiterin zu fragen, was für ein Sonnentyp sie sei.

Pralle Sonne, Halbschatten oder Schatten? Elementar wichtige Informationen, die uns unsere gemeinsame Reise angenehmer gestalten ließ.

Das Hotel schien gut gebucht zu sein, dem Ansturm der Frühstücksgäste nach zu urteilen.

Ich versuchte das Durchschnittsalter der Hotelbewohner zu bestimmen.

Rentner, Rentner, Rentner, dazwischen ein paar Paare Anfang oder Mitte 30, zwischendurch auch mal eine Jungfamilie plus Neuanhang.

Ich war beruhigt. Von dieser Klientel waren eher keine schlaflosen Nächte zu erwarten. Auch Animationsprogramm oder Kinderdisco schien es keine zu geben. Perfekt.

Der Kaffee kam, duftete und schmeckte herrlich. Fast wie zu Hause. Es war Zeit für ein paar Vollkornsemmeln und ein Spiegelei.

Also schlenderte ich gut gelaunt zum Büfett und stellte mich in die Reihe zu den anderen Gästen.

Ich konnte schon das frische Eidotter riechen, sah vor meinem geistigen Auge, wie sich das Eigelb auf meinen Teller ergoss und ich den Brei gierig mit einem Stück Weißbrot auf tunkte.

„Mensch Herr Urban, was machen Sie denn hier?" zerstörte eine erstaunte Stimme meinen Traum plötzlich und radikal.

Der Herr, welcher in der Reihe vor mir stand, hatte sich zu mir umgedreht und diese Worte gesprochen.

Ein Blitz schlug in meinen Kopf ein und meine Nerven fuhren Achterbahn. Das durfte, dass konnte nicht wahr sein. Ein Trugbild meines Verstandes, eine Gehirn Fata Morgana.

´ Die haben mir was in meinen Kaffee getan´ war mein nächster Gedanke. So was las man leider immer wieder.

Und nun? Die Sinnestäuschung erst einmal aussitzen? Noch einmal kurz auf´ s Zimmer und hoffen das die Wirkung der Droge nachließ.

„Das ist ja ein Zufall. Ich wusste gar nicht, dass sie Kanaren Fan sind. Ich hätte Sie eher für einen Wintersportler gehalten. Schickes Hemd haben Sie da an. Ist das Versace?"

Schon wieder sprach ES mit mir und allmählich wurde mir klar, dass dies real war.

Vor mir stand Lämmermann, unser neuer Hoteldirektor. Das Ekel. Der Spinner. Der Mann, den der ganze Betrieb abgrundtief hasste.

Tausende von Fragen durchzuckten gleichzeitig mein Gehirn.

Von ´Oh Gott, was macht der denn hier? ´ bis ´ Woher weiß er denn, dass mein Hemd von Versace stammt? ´.

„Herr Urban, ist alles in Ordnung? Sie sehen aus, als hätten Sie gerade einen Geist gesehen. Glauben Sie mir, das ist nur der Jetlag. Noch ein paar Stunden, dann geht es Ihnen schon wieder besser. Haben Sie schon gefrühstückt?"

Ich tat mich schwer, zurückzufinden in die Wirklichkeit. Noch immer fühlte ich mich, als wäre ich in der Zwischenwelt gefangen.

Ich schüttelte den Kopf und krächzte: „Nein, eigentlich wollte ich gerade…“

„Ausgezeichnet“ fiel mir Lämmermann ins Wort „dann können wir ja gleich loslegen. Die Spanier können zwar so einiges, aber ein anständiges Frühstück bekommen sie einfach nicht hin.“

Ich konnte dem Direktor nicht wirklich folgen.

„Ähem, loslegen? Womit?“

Mein Vorgesetzter schaute mich mitleidig an, als hätte ich eine schwere Krankheit, dann redete er besänftigend auf mich ein.

„Ach Herr Urban, ich bitte Sie. Wo uns der Zufall schon hier zusammengeführt hat, können wir uns gleich in die Arbeit stürzen. Seit ich vom Hotel weg bin, hat sich ganz schön was an Papierkram angestaut.“

Ich hob besänftigend die Arme: „Entschuldigung. Ähem Herr Lämmermann, eigentlich hatte ich vor…bin doch gestern Abend erst angekommen…nicht alleine hier…“

Einen vollständigen Satz, mit so etwas wie Sinn dahinter, bekam ich nicht zustande.

Ich muss gestehen, ganz egal, wie man zu Direktor Lämmermann stand, so konnte man trotz allem nicht leugnen, dass er über eine wahnsinnig autoritäre Ausstrahlung verfügte. Er besaß ein Wesen, dass es jedermann schwer machte, zu widersprechen oder eigene Ideen zu entwickeln.

Wenn es so etwas gab wie einen geborenen Anführer so ihn. Es war mir bereits auf Arbeit aufgefallen, dass sämtliche Mitarbeiter sofort einknickten, wenn es darum ging dem „feinen Herrn“ mal die Meinung zu geigen.

„Kommen Sie, lassen Sie uns ins Hotel gehen. Ich habe dort einen kleinen Konferenzraum gemietet. Sie werden staunen, die Spanier alles organisieren können, wenn man Ihnen nur gehörig in den Hintern tritt."

Wir begaben uns in eine reichlich beeindruckende Suite, die nicht ganz zufällig genau so eingerichtet war wie das Bürozimmer in der „Welle". Diaprojektoren, Flipcharts und große Schautafeln mit Grafiken und Diagrammen.

Während er mir ein Glas Mineralwasser einschenkte, gab mir der „Boss" kurz Einsicht in das „Weshalb und Warum" seines Aufenthaltes.

„Sie fragen sich sicherlich, wie es kommt, dass ich nach nur zwei Monaten Arbeit in der ´Welle´ bereits Urlaub bekomme. Das ist ganz einfach zu beantworten. Weil ich das gleich beim ersten Bewerbungsgespräch mit Herrn Hauser, dem Hotelbesitzer, ausgehandelt habe. Es ist mir wichtig, ein paar feste Rituale im Leben zu haben und dazu gehört ein einwöchentlicher Aufenthalt auf Gran Canaria, stets im selben Hotel. Das Essen ist gut und ich habe hier alle Freiheiten. Schauen Sie her, außerdem bekomme ich jeden Morgen die BILD - Zeitung bis ins Zimmer geliefert."

Triumphierend hielt er das neueste Exemplar der beliebtesten deutschen Tageszeitung in die Höhe.

Ich warf einen knappen Blick auf die Schlagzeilen des Tages und erschauderte.

´ Große Rückrufaktion von chinesischen Murmeln´ stand da tatsächlich schwarz auf weiß.

Ich konnte nur hoffen, dass Ingeborg die Zeitung nicht kaufte. Diesen Triumph gönnte ich ihr auf keinen Fall. Aber momentan hatte ich ganz andere Sorgen.

Lämmermann saß auf dem Schreibtisch und musterte mich von oben bis unten.

„Herr Urban. Ich kann es immer noch nicht fassen. Sie hier, im gleichen Hotel wie ich. An Zufälle glaube ich nicht. Mein Lieber, das war Vorsehung. Sie wissen, dass ich sehr viel von Ihnen halte. Das sichere Auftreten und die Ruhe haben Sie schon einmal. Das sind quasi die Eckpfeiler für uns Vorgesetzte. Dass nötige Know how werde ich Ihnen schon beibringen. Ich weiß, dass Sie Quereinsteiger sind und nicht wie ich in den Genuss einer fundierten Ausbildung, inklusive Hotelfachschule gekommen sind. Wenn Sie sich ein wenig ins Zeug legen, werden Sie es weit bringen. Zusammen bringen wir die ´Welle´ wieder auf Vordermann.

Nicht unerwähnt sollte bleiben, dass der Direktor selbst hier im Urlaub, bei 30 Grad Außentemperatur, einen tadellos sitzenden Anzug, nebst Krawatte trug.

Ich wagte einen kurzen Einwand: „Entschuldigung aber was muss denn im Hotel so dringend auf Vordermann gebracht werden? Die Geschäfte laufen doch ausgezeichnet. Der Besitzer ist zufrieden, unsere Gäste ebenfalls und die Angestellten haben ein gutes Verhältnis untereinander."

Lämmermann rollte mit den Augen und rieb sich mit beiden Fäusten die Schläfen.

„Sehen Sie Herr Urban - das ist der Unterschied zwischen Ihnen und mir. Sie sind schon mit kleinen Teilergebnissen zufrieden, denken, es läuft doch alles prima und das wird sich schon nicht ändern. Aber ich sage Ihnen - das ist falsch gedacht. Schauen Sie sich doch einmal die Nachrichten an. Wir steuern geradewegs in eine der größten Wirtschaftskrisen des 21. Jahrhunderts hinein. Der Aktienmarkt in Asien explodiert bereits, als nächstes sind die USA dran und dann kann uns keiner mehr in unserer kleinen Wohlstandsfestung helfen.

Sie müssen globaler denken, nicht nur hier und heute. Klein, klein bringt uns nicht weiter."

In diesem Trott ging es weiter. Minuten flossen dahin, Stunden.

Meine Frage nach einer Pause wurde sofort torpediert.

„Noch nicht. Wir haben noch ein bisschen was zu tun."

Mein nächstes Gesuch war, doch eventuell draußen weiter zu tagen, wo doch die Sonne so schön schien und ein sanftes Lüftchen wehte.

Auch diese Anfrage wurde mit harschen Worten abgelehnt.

„Um Gottes willen. Wollen Sie mich umbringen? Ich leide seit meiner Kindheit an polymorpher Lichtallergie. Glauben Sie mir, Sie möchten nicht dabei sein, wenn ich meine Haut der prallen Sonne aussetze. Ich habe auch keine Lust den ganzen Tag eingesalbt wie eine Mumie und mit riesigem Sonnenhut umherzulaufen.

Ich weiß, was Ihnen jetzt im Kopf umher spukt. Da könnte ich doch gleich im kalten und grauen Deutschland bleiben. Na ganz so einfach ist es nicht. Um im Urlaub richtig nachdenken zu können, benötige ich einen Tapetenwechsel, eine andere Umgebung. Dieses mediterrane Umfeld ist genau das Richtige, für kreative Ideen."

Als er mich am späten Nachmittag endlich aus seiner Obhut entließ, wankte ich wie ein Zombie Richtung Hotelzimmer.

Ich ließ mich auf mein Bett fallen und schloss die Augen. Was für ein Alptraum.

Das Telefon klingelte und Ingeborg war dran.

Ach herrje, meine arme Reisebegleiterin hatte ich ja völlig vergessen.

Ganz klar, dass sie mir erst einmal gehörig die Hölle heiß machte. Wo ich denn gewesen sei und weshalb ich ihr nicht Bescheid gegeben hätte. Und überhaupt - da hätten wir ja gleich getrennt voneinander verreisen können, wenn ich so wenig Lust auf gemeinsame Unternehmungen hätte.

Mir brummte der Schädel. Erst Lämmermann und jetzt Ingeborgs verbale Attacken.

Nur 10 Minuten später stand sie bei mir auf der Matte, bzw. auf der Matte meines Hotelzimmers.

Zum Glück besaß sie so viel Einfühlungsvermögen, meinen leidenden Gesichtsausdruck und die matte, fast tonlose Stimme richtig zu deuten.

So musste es bei ihr im Kindergarten zugehen, wenn Klein Dennis Bauchweh hatte oder seelische Pein. (Meerschwein plötzlich verstorben, Vater mit ´ner Jüngeren durchgebrannt etc.)

Als geschulte Fachkraft erkannte sie die Sorgen und Nöte ihrer Schutzbefohlenen und packte das Geschwür an der richtigen Stelle. Schreierei und Hysterie waren dabei völlig fehl platziert.

Also hockte sich Ingeborg auf die Kante meines Bettes, in dem ich immer noch regungslos lag und fragte mit mütterlicher Stimme, was denn die Ursache meiner Lethargie sei.

Nach einiger Weile erzählte ich ihr von meiner Begegnung mit Lämmermann und dessen Ruf in unserem Hotel.

„Unerhört" rief sie wütend und sprang vom Bett auf „und so etwas lässt Du mit Dir machen? Ich habe Dich für toughter gehalten. Du wirst doch wohl noch so viel Rückgrat besitzen, diesem Wichtigtuer die Meinung zu geigen."

„Aber Ingeborg" entgegnete ich schwach „so einfach, wie Du Dir das vorstellst ist das nicht. Das hat auch nichts mit fehlendem Rückgrat zu tun. Der Mann ist nun mal mein Vorgesetzter. Ich meine, ich bin schon so viele Jahre in diesem Betrieb und fühle mich, die letzten zwei Monate einmal ausgenommen, sauwohl dort, und das möchte ich auf keinen Fall aufs Spiel setzen."

„Wenn Du jetzt nichts sagst dann geht das ewig so weiter. Glaube mir, das habe ich schon zu oft erlebt. Du musst dem Kerl gleich mal seine Schranken aufzeigen, sonst geht ändert sich nie etwas. Schließlich braucht er Dich mehr als Du ihn. Du kennst den Betrieb in - und auswendig. Du kennst das Personal und auch die Gäste. Du bist sein wichtigster Ansprechpartner.“

So ging das noch eine Weile, dann begann das Mädchen mein Zimmer zu mustern.

„Du besitzt einen elektrischen Nasenhaartrimmer? Reicht dafür nicht auch eine einfache Schere?“

„Hm, kann schon sein“ maulte ich. Was ging sie mein Nasenhaartrimmer an. Ich wühlte ja auch nicht in ihren Privatsachen herum.

„Wozu brauchst Du denn eine Duschhaube, bitte schön? Ist das etwa rosa? Oh Gott, die ist tatsächlich rosa.“

Ich sprang auf und warf ein Handtuch über die Kopfbedeckung.

„Nein, das ist kein rosa, eher ein dunkles Orange. Das Ding gehört mir auch gar nicht. Ich hab´s mir von meiner Schwester ausgeborgt, weil meine Eigene verschwunden ist. So und könntest Du jetzt bitte verschwinden?“

„Ja sicher, gleich. Aber vorher muss ich das da noch inspizieren. Guck an, ein Enthaarungsset. Mit Peeling Streifen und Heilsalbe. Wozu brauchst Du denn so etwas?“

Ich wurde jetzt puterrot und verdeckte auch dieses Mitbringsel mit einem Handtuch.

„Jetzt ist aber Mal genug mit dem Blödsinn. Das brauche ich für die Arbeit. Ich kann da schließlich nicht herumlaufen wie ein Erntehelfer.“

Sie begann laut zu lachen: „Ja schon klar. Die Gäste reißen Dir auch jeden Morgen zur Begrüßung erst einmal das Hemd herunter, um zu sehen, ob Deine Brust auch schön glatt ist.“

Ich schlug die Hände über den Kopf zusammen und fluchte laut:

„Verdammt noch mal, muss ich denn zu jeder Sache Rechenschaft ablegen? Ich fühle mich wohl mit Haarfreier Brust und fertig. Ist sonst noch was, oder kann ich jetzt einfach mal für einen Moment meine Ruhe haben. Schließlich hatte ich heute einen harten Arbeitstag."

Über den letzten Satz mussten wir Beide schmunzeln.

„Okay, okay, ich lass Dir jetzt Deine Ruhe. Sag Bescheid, wenn wir was essen gehen wollen oder spazieren oder was auch immer."

Sie wandte sich schon zur Tür, blieb dann noch einmal kurz stehen, drehte sich um und fragte mit einem zuckersüßen Lächeln im Gesicht: „Sag mal, kann es sein das Du vielleicht schwul bist?"

Ich klatschte in die Hände und schickte ein Stoßgebet gen Himmel.

„Genau auf diese Frage habe ich noch gewartet. Weil ich auf mein Äußeres Wert lege und eine Duschhaube besitze muss ich natürlich schwul sein. Ganz klar. Soweit zu den Klischees."

Ingeborg ließ sich gar nicht aus der Ruhe bringen.

„Du, ist doch okay wenn Du schwul bist. Ich habe viele schwule Bekannte. Das Wichtigste ist nur, dass man dazu steht und sich nicht selbst verleugnet."

„Verdammt noch mal, ich bin nicht schwul" brüllte ich „ nicht einmal ein bisschen. Null, nix Prozent. Ich bin einfach nur ein Hetero mit einer orangefarbenen Duschhaube."

Ingeborg grinste breit: „Na dann hätten wir das ja geklärt. Also dann bis später."

Am nächsten Tag wollten wir dann endlich gemeinsam an den Strand gehen. Meine Reisebegleiterin hatte den feinen Sandstrand und das 22 Grad warme Wasser bereits am Vortag ausgiebig genossen. Alleine. Ohne mich.

Ingeborg hatte mich genauestens instruiert, wie ich mich zu verhalten hätte, falls mein Direktor es noch einmal wagen sollte, mich „in Beschlag zu nehmen".

Ich saß nach unserem gemeinsamen Frühstück gerade in der Hotellobby und wartete auf Ingeborg. Das Mädchen war nur „kurz" in den Touristenshop verschwunden, um sich einen neuen Badeanzug zu kaufen.

Während ich die Minuten bis zu ihrer Rückkehr herunter zählte, bog auch schon Lämmermann um die Ecke.

„Ah, da ist ja mein zukünftiger Stellvertreter und Nachfolger" begrüßte er mich aufs Herzlichste.

Seine Worte blieben nicht ohne Wirkung. Wie Öl liefen sie meine Nervenenden hinunter.

„Na, wollen wir dann auch gleich zur Tat schreiten? Ich habe schon mal ein paar Tabellen zur Entwicklung der Tourismusbranche in Deutschland zusammengestellt. Sie werden Staunen mein Lieber."

Er klopfte zur Bekräftigung auf seine Lederhandtasche, die ebenfalls ihren Weg auf die Kanaren gefunden hatte.

So, jetzt hieß es stark sein. Ich nahm all meinen Mut zusammen, sah ihn tief in die Augen und brachte gepresst heraus: „Also eigentlich passt mir das heute gar nicht."

Der Direktor zog die Stirn kraus, nahm langsam die Brille ab und durchbohrte mich mit seinem Blick.

„Entschuldigen Sie Herr Urban, haben Sie gerade gesagt, es passt Ihnen heute nicht? Etwa weil Sie Urlaub haben? Sich erholen müssen von ihrem schweren Job? Wissen Sie warum die Asiaten so erfolgreich sind? Warum die Tigerstaaten uns eines nicht mehr fernen Tages einfach so überrollen werden? Weil die eine ganz andere Arbeitsmentalität an den Tag legen als wir Westeuropäer. Die Japaner kommen mit 16, 5 Urlaubstagen im Jahr aus, von denen sie meistens nur 9 nehmen, aus Loyalität der Firma gegenüber. Die Chinesen kommen mit 11 Tagen aus, aber bei uns wird schon gemosert, weil 24 Tage zu wenig seien. Dazu noch die vielen Feiertage.

Ist das Ihre Einstellung zum Hotel? Jammern statt klotzen. Jetzt, wo sie die einmalige Chance haben etwas dazu zu lernen."

„Entschuldigung, was ist denn hier los?"

Die Stimme der Fragenden gehörte Ingeborg. Sie trug eine Plastiktüte mit dem Namen des Einkaufsladens in der Hand und in der Tüte dürfte sich ein neuer Badeanzug befinden, den sie mir jetzt am Strand von Maspalomas vorführen wollte.

„Darf ich vorstellen. Ingeborg. Ingeborg, das ist mein Hoteldirektor, Herr Lämmermann. Ich habe Dir ja von ihm erzählt."

Schweißperlen traten auf meine Stirn. Da saß ich wieder einmal richtig in der Tinte, hatte ich doch die zwei größten Sturköpfe zusammen geführt.

„Ja das hast du und nur Gutes."

Ingeborg sprach ihre Worte betont hart und ironisch. Lämmermann sollte gewarnt sein.

Der versuchte es auf die sanfte Tour, spielte den jovialen Charmebolzen.

„Ach Herr Urban. Sie haben mir überhaupt nicht gesagt, dass Sie nicht alleine im Urlaub sind. Das ist mir jetzt aber sehr unangenehm."

Er reichte Ingeborg freundlich grinsend die Hand, meinte im munteren Plauderton:

„Sie sind dann also Frau Urban nicht wahr?"

„Nein, Frau Dornenreich."

„Ach so, die Freundin. Gibt es denn schon Heiratspläne?"

„Eigentlich sind wir eher so etwas wie Freunde. Wir verreisen nur zusammen" mischte ich mich ein.

Lämmermann sah uns prüfend von oben bis unten an. Wir würden es doch nicht etwa wagen, ihn zu veralbern.

Dann setzte er wieder ein wohlwollendes Lächeln auf, fasste mich freundschaftlich an die Schulter und sprach zur verdutzten Ingeborg:

„Na wenn das so ist, dann haben Sie doch sicher nichts dagegen, wenn ich mir Ihren Reisebegleiter kurz ausborge. Nur für zwei Stunden. Versprochen. Es geht um das Wohl unserer Firma. Ein Notfall sozusagen."

Das war glatt gelogen, denn einen Notfall gab es beim besten Willen nicht in unserem Hotel.

Gelogen waren auch die zwei Stunden, die er mich kurz „entführen" wollte.

Erst gegen 18. 00 Uhr traf ich am Strand ein. Es dauerte eine weitere halbe Stunde, bis ich Ingeborg gefunden hatte und als ich dann endlich bei ihr eintrudelte, packte sie wütend ihre Sachen zusammen und machte sich aus dem Staub.

Später, beim gemeinsamen Abendessen, machte sie mir einmal mehr eine schlimme Szene nach der anderen. Allmählich klang sie schon wie meine Mutter.

„Du kannst Dich einfach nicht durchsetzen", „Warum hast du ihn nicht einfach abgesagt, wie wir das besprochen hatten".

Ich gelobte Besserung. Der verdammte Lämmermann würde mich nicht noch einmal kalt erwischen. Sollte er es auch am nächsten Tag wagen, mich in sein muffiges Bürozimmer zu zerren, würde ich ihn mit aller Deutlichkeit meine Meinung geigen. Schließlich war das mein wohlverdienter Urlaub. Der konnte mich mal gerne haben mit seinen ach so erfolgreichen Asiaten. Die kochten schließlich auch nur mit Wasser.

Am darauffolgenden Tag saß ich wie selbstverständlich wieder in Lämmermanns Urlaubsbüro und hörte mir dessen monotone Vorträge an.

Zum Dank für mein „eisenhartes Rückgrat" sprach Ingeborg den restlichen Tag kein Wort mehr mit mir und ging auch allein zum Abendessen.

Auch den Tag danach hockte ich wieder in der deprimierenden Atmosphäre einer unaufgeräumten Besenkammer und wagte kaum einen Blick durchs Fenster. Da draußen waren die Freiheit, die Sonne und der Strand. Hier drinnen waren lediglich Tristesse und Monotonie.

Ich hörte Menschen fröhlich lachen und sah Urlauber am Pool toben. Alle hatten sie ihren Spaß. Die anderen Hotelbewohner waren teilweise am gleichen Tag wie ich angereist und hatten sich bereits eine Urlaubsbräune zugelegt, die ihre Freunde daheim vor Neid erblassen ließ. Während bei denen schon die zweite oder dritte Generation „Hauttönung" übereinander lappte, sah ich noch immer aus wie ein Gespenst. Lämmermann sowieso, aber die Ursache dafür hatte er mir ja bereits verraten.

Am fünften Tag passierte es dann. Es war eh nur eine Frage der Zeit, wann das Pulverfass explodieren würde. So wie sich die Dinge im Urlaub entwickelt hatten, musste es irgendwann zum großen Knall kommen.

Wir waren gerade dabei das Thema „Flexibilität in der modernen Gesellschaft" durch zu ackern, als plötzlich die Tür unserer Tagungszentrale aufgerissen wurde und eine wutschnaubende Ingeborg herein kam.

Nein, sie kam nicht einfach, sie wehte herein wie ein Sturmtief, wie ein Orkan und riss alles mit sich, was nicht schnell genug flüchten konnte.

„So und jetzt ist hier Schluss mit dem Quatsch" rief sie aufgebracht und fegte mit einem kühnen Handstreich ein paar DIN A 4 Blätter vom Flipchart „dieser Unfug kann warten, bis Ihr beide wieder im Betrieb seid. Jetzt ist Freizeit."

Sie stemmte die Hände in die Hüften und funkelte wild mit den Augen. Von dieser Seite hatte ich das Mädchen bisher noch nicht kennen gelernt. Angst und Bewunderung wechselten einander ab.

Lämmermann versuchte die Situation zu deeskalieren, rieb sich die Hände und flötete freundlich: „So, die junge Dame regt sich doch jetzt bitte schön erst mal wieder ab und dann…"

Daraufhin holte die aufgebrachte Ingeborg die verbale Streitaxt hervor und heizte meinem Hoteldirektor ein, dass es nur so rauchte.

„Die junge Dame regt sich einen Scheiß ab. Jetzt sage ich Ihnen mal etwas, Sie vertrockneter Hering…Bleichgesicht…Typen wie Sie…zum kotzen…Nie wieder…und jetzt Klappe halten, ehe ich aus dieser Bude hier Lametta mache."

Dann packte sie mich heftig am Armgelenk, rief „und den hier nehme ich mit" und verließ mit mir das Zimmer.

Ich wagte gar nicht erst zu protestieren. Zwecklos.

Ingeborgs Timing hätte nicht besser sein können. Unsere Sitzung hätte höchstens noch eine gute Stunde gedauert, dann hätte Lämmermann seine Koffer genommen und wäre per Taxi Richtung Flughafen gerauscht. Sein Flieger ging um 14.20 Uhr und damit hätte auch meine Leidenszeit geendet.

Das Ingeborgs Auftritt noch ein böses Nachspiel haben würde ahnte ich bereits. Ich konnte nur hoffen, dass Lämmermann nicht allzu nachtragend war, aber irgendwie hatte ich da so meine Zweifel.

„So und jetzt gehen wir endlich zusammen an den Strand" rief das Mädchen und stampfte zur Unterstreichung ihres Vorhabens mit dem Fuß auf den Boden „dafür sind wir ja schließlich hergekommen."

Auch auf die Gefahr hin mich zu wiederholen - das Timing hätte nicht besser sein können.

In dem Moment, als sie diese Worte sprach, blitze und donnerte es aus heiterem Himmel und ein monsunartiger Regen prasselte vom Himmel.

An Badevergnügen war an diesen Tag beim besten Willen nicht mehr zu denken.

Später erfuhren wir, dass dies völlig normal sei für die Kanaren, vor allem für diese Jahreszeit.

Der nächste Tag war auch schon unser letzter gemeinsamer Tag auf Gran Canaria.

Bis dahin konnten wir die Dinge, die wir im Urlaub zusammen erlebt hatten, an fünf Fingern abzählen.

Es war nicht anzunehmen, dass sich auch nur einer von uns die kollektiven Ferien in etwa so vorgestellt hatte, wie die Dinge letztendlich abgelaufen waren. Ingeborg war reichlich frustriert, ich sah es ihr an der Nasenspitze an, aber Vorhaltungen gab es von ihrer Seite keine mehr. Wahrscheinlich hatte sie ihr Pulver bereits verschossen oder resigniert aufgegeben. Womöglich war ich in ihren Augen ein hoffnungsloser Fall. Vielleicht zählte sie auch schon insgeheim die Stunden bis zum Abflug und würde dann ein Kreuz hinter der gesamten Veranstaltung machen. Abgehakt und bitte nicht noch einmal. So sammelte man Lebenserfahrungen, wenn auch Negative.

Von all den Sachen, die ich mir von einem Urlaub mit einer quasi fremden Person vorgestellt hatte, waren keine 10 Prozent eingetroffen. Klar lag das zum größten Teil an Lämmermann ungeplantem Auftauchen. Wer weiß wie die Dinge gelaufen wären wenn nicht...Egal, die Uhr ließ sich nicht mehr zurück drehen.

Viel erwartete ich nicht mehr von unseren letzten gemeinsamen Stunden auf der Insel, wollte aber auf keinen Fall die Spaßbremse geben. Ich war mir durchaus bewusst, dass ich einiges gut zu machen hatte. Es war zu großem Teil nun einmal meine Schuld, dass die Dinge aus dem Ruder gelaufen waren.

Also zeigte ich mich einmal mehr von meiner Schokoladenseite, war höflich, charmant und aufmerksam.

Als ich bemerkte, dass Ingeborg sich beim Frühstücks Büfett schwer tat, mit Hilfe von Gabel und Löffel Wurst - und Käsescheiben auf ihren Teller zu hieven, zeigte ich ihr den korrekten „Vorlegegriff". Einmal angefangen gab es gleich noch eine Schulung zum Thema „wie decke ich den Frühstückstisch richtig ein", gefolgt von ein paar Serviettenfalt - Techniken.

„So, Du siehst, mein Beruf ist gar nicht so unnütz, wie Du vielleicht geglaubt hast" scherzte ich „hin und wieder etwas Kultur hat noch keinem geschadet. Gibt es vielleicht auch irgendeine Sache, die Du mir spontan aus Deinem Arbeitsleben demonstrieren kannst?"

Sie zuckte mit den Schultern.

„Wie soll das denn gehen? Siehst Du hier gerade irgendwelche Kinder, mit denen ich arbeiten kann? Es sei denn, Du spielst Klein - Dennis."

„Nein Danke" antwortete ich knapp und wir grinsten beide.

Später organisierte ich einen Leihwagen und wir fuhren Puerto de la Luz, dem Hafen von Gran Canaria und dessen Tor zur Welt.

Ingeborg war hellauf begeistert von den ankommenden und abfahrenden Schiffen und ich setzte noch einen drauf.

In Puerto Mogan machten wir Halt und ich entführte sie auf eine einstündige Fahrt mit einem wahrhaftigen U - Boot. Die Unterwasserwelt durch die runden Glasfenster zu betrachten war einfach nur ganz großes Kino.

Selbstverständlich durfte ein anschließendes Mittagessen in einem der ursprünglichen Restaurants, direkt am Wasser nicht fehlen. Es wurden Babysteinbutt auf Meeresalgensalat und gedünstetes Gemüse aufgetragen. Zum Schluss gab es noch ein paar Scheiben vom Queso de Flor, dem berühmten Blütenkäse der Insel. Was für ein Hochgenuss.

„Du verstehst zu leben. Das muss der Neid Dir lassen" erklärte Ingeborg mampfend.

Später spazierten wir auf der Promenade von Maspalomas. Hin und wieder steckten mir Jugendliche Flyer für irgendwelche Abendveranstaltungen zu.

„Lass mal sehen" lachte Ingeborg und griff nach den Zetteln.

„Ist doch uninteressant“ meinte ich mit einer abwertenden Handbewegung „ich glaube kaum das ich große Lust habe, heute Nacht noch in irgendwelche Touristen - Klubs zu gehen.“

„Mensch, dass sollte Dich aber interessieren“ rief meine Begleiterin mit gespielter Euphorie „das müsste doch genau Dein Ding sein.“

Sie reichte mir den Flyer und ich las mit gerunzelter Stirn und leicht errötend: „Tonight, Gran Canarias biggest Gay Party…“

Ich zerknüllte den Zettel und warf ihn in den nächsten Mülleimer.

Ingeborg sah mich fröhlich grinsend von der Seite an und stichelte weiter.

„Woher wissen die eigentlich immer, wer ein ´ Bruder´ ist und wer nicht? Haben die irgendwelche Sensoren dafür oder wie?“

„Ist gut, ist gut, jetzt hast Du Deinen Spaß gehabt und nun ist auch wieder gut.“

Ich schmollte gekränkt und das Mädchen rief zur Entspannung:

„So und nun hör auf die beleidigte Leberwurst zu spielen. Die Tante Ingeborg spendiert uns Beiden jetzt erst einmal ein schönes Eis.

Gesagt, getan. Madam war nicht gerade knauserig, denn unsere beiden Becher beinhalteten jeweils sechs nicht gerade kleine Eiskugeln.

„Oh Mann, wie soll ich denn diesen Berg verdrucken?“ stöhnte ich „und das nach dem reichhaltigen Mittagessen.“

Ingeborg rief mit düsterer Stimme: „So mein Junge, jetzt zick nicht rum und iss gefälligst Dein Eis.“

Ich nickte lachend.

„Aha, so funktioniert das bei Dir auf Arbeit.“

Statt darauf einzugehen, rief Ingeborg entzückt: „Oh, schau mal da. Eine Mode - Boutique. Die haben Prada."

Schon lief sie los und ich stürzte hinterher.

Völlig in ihrem Element stürmte meine Begleiterin das exklusive Fashion - Büro, die strengen Blicke der ganz in schwarz gekleideten Verkäuferinnen ignorierend.

Sie strich mit der rechten Hand über ein beiges Satin - Kleid, den man schon aus der Ferne ansah, dass sein Verkaufspreis in etwa mit unseren Monatslöhnen zu vergleichen war.

„Ingeborg, sei bitte vorsichtig" rief ich noch aber es war bereits zu spät.

Die obersten zwei Mitglieder des sechsköpfigen Eisbecher - Ensembles brachen ab und landeten auf dem Edel - Kostüm.

Ich glaube es waren die Geschwister Erdbeere und Schokolade, die soeben ein kuscheliges neues Zuhause gefunden hatten.

Ein gellender Schrei ertönte. Es war die gutaussehende aber auch sehr wütende Verkäuferin, die der tragischen Szene beigewohnt hatte.

Sie fuchtelte wild mit den Armen herum und rief irgendwas in spanischer Sprache. Wahrscheinlich erkundigte sie sich bei Ingeborg nur freundlich, ob ihr denn das Eis schmecke und wie ihr denn Gran Canaria an sich gefalle. Die Sprechweise der mediterranen Landesbewohner hörte sich oft wütender und ungeduldiger an, als eigentlich gemeint. Das kannte man auch aus Italien.

„Warten Sie, warten Sie" versuchte Ingeborg das Mädchen zu beschwichtigen „ich mache das ganz schnell wieder sauber."

Mit diesen Worten zog sie ein Taschentuch aus ihrer Handtasche und versuchte die Eisflecken zu entfernen. Der Erfolg dieser Aktion tendierte gegen Null. Die Designer - Garderobe sah jetzt noch ramponierter aus als zuvor.

Die Verkäuferin ballte die Hände in der Luft zu Fäusten und stieß Flüche aus, die wir zum Glück nicht verstanden.

Andere Verkäuferinnen kamen angelaufen und ein sehr wichtig aussehender Herr in feinem Zwirn, welcher wahrscheinlich der Manager war.

Böse zeigte er auf mein Eis, welches ebenfalls bedrohlich wackelte.

Um ihn zu besänftigen verschlang ich hastig die gesamten sechs Kugeln mit einem Mal.

Die anschließenden Kopfschmerzen waren kaum auszuhalten und trieben mir die Tränen ins Gesicht.

Meine Begleiterin war jetzt nur noch ganz klein mit Hut, Pardon, mit Eiswaffel. Sie wagte kaum aufzuschauen und ließ das Gezeter über sich ergehen.

Von „Insurance" wollten die Prada - Damen nichts wissen, dafür drohten sie wütend mit „La Policia".

Das verstanden wir dann auch ohne in der Schule auch nur eine Lektion Spanisch absolviert zu haben.

Ingeborg blieb nichts weiter übrig, als für die Reinigung des Ausstellungsstückes aufzukommen.

Es schien mir etwas abwegig, dass auf Gran Canaria Persil und Weichspüler 150 Euro kosteten aber sie mussten es besser wissen. Es war ihre Welt und wir nur blöde Touristen.

Auch wieder klar, dass die liebe Ingeborg nur läppische acht Euro dabei hatte. Ich konnte wetten, im Hotel gab es auch keinen Vorrat und frischen Scheinen mehr. Ihre prekäre finanzielle Situation hatte sie mir schon einige Male erläutert.

Also musste meine Kreditkarte herhalten und sie versprach feierlich, ihre Schulden so bald als möglich bei mir abzustottern.

Wer nun glaubt, der Tag hätte genug Peinlichkeiten für uns parat gehalten, der irrt gewaltig. Das Beste kommt bekanntlich zum Schluss.

Ingeborg trottete niedergeschlagen vom Locus delicti davon, ohne sich noch einmal umzuschauen.

Eben noch fröhlich und aufgeweckt und nun ein einziges Häufchen Elend. Ich hatte keine Chance sie aufzuheitern. Dabei legte ich mich mächtig ins Zeug, was viel hieß, wenn man bedenkt, dass ich von Natur aus, ein rechter Trauerkloß war. Wenn Bekannte über mich urteilten, so tauchte regelmäßig der Satz auf „ich glaube, der geht zum Lachen in den Keller".

Das lag vielleicht auch daran, dass es in meinem Leben nicht besonders viel zu lachen gab. Ingeborg und ihr Faible für Fettnäpfchen hatte ich ja gerade erst kennen gelernt.

Nein im Ernst, ich kannte im Höchstfall drei Witze und die versaute ich beim Erzählen immer wieder, so dass kein Mensch mehr darüber lachen konnte.

Trotzdem versuchte ich meine zu Tode betrübte Begleiterin mit allerlei Geschichten aus meinem Arbeitsalltag zu erheitern. Ich demonstrierte lebhaft die verschiedenen Spleens meiner Kollegen und ihre Eskapaden. Es half alles nichts.

Als wir so durch Maspalomas schritten, gelangten wir zu einer Grünanlage, auf der sich ein Kinderspielplatz befand.

Einige Spielgeräte befanden sich darauf; ein Klettergerüst, eine hölzerne Pyramide, in die man hinein krabbeln konnte und eine Kinderschaukel.

Ein halbes Dutzend Kinder waren auch vorhanden und taten, was Kinder halt so tun. Herum toben oder blöde in der Gegend stehen, mit dem Finger in der Nase.

Ich erkannte sofort die Gelegenheit, Ingeborg wieder auf die Sonnenseite des Lebens zu ziehen.

Abrupt blieb ich stehen und machte eine wichtig aussehende Geste.

„So meine Liebe, genug Trübsal geblasen. Heb Dir das für Zuhause auf."

Meine Begleitung blieb ebenfalls stehen und schaute mich fragend an. Was mochte ich wohl vorhaben.

„Liebe Ingeborg" leitete ich meine brillante Idee ein „weißt Du noch, wie ich Dir heute Morgen ein paar gastronomische Tricks gezeigt habe und Du Dich gerne revanchiert hättest. Jetzt wäre die Gelegenheit mir ein paar Einblicke in Dein Berufsleben zu demonstrieren. Dort sind die Kinder und jetzt kannst u mir zeigen, welch eine hervorragende Kindergärtnerin Du bist."

Wie ein Zauberer deutete ich auf den Spielplatz und die darauf befindlichen Blagen.

Ingeborg stutzte und schien nicht so recht begreifen zu können, was ich von ihr wollte. Allmählich dämmerte es ihr. Ihrem Gesicht war deutlich abzulesen, dass sie unentschlossen war, ob sie meine Idee jetzt toll oder idiotisch finden sollte. Letztlich siegte die erste Version.

„Meinst Du wirklich, ich soll das machen?" fragte sie ein wenig unsicher „immerhin sind das spanische Kinder. Die verstehen mich doch gar nicht."

Ich machte eine abwertende Geste.

„Das sind doch bloß Kinder. Die sind doch überall auf der Welt gleich. Die wollen einfach nur spielen und ein bisschen Blödsinn machen. Also komm schon. Zier Dich nicht so."

Ich sah wie sich das Mädchen entspannte. Die Lebensgeister erwachten wieder und ihre depressiven Gedanken verflogen so rasch, wie sie gekommen waren. Ingeborg wurde vom Ehrgeiz gepackt.

Sie sah sich die kleinen Monster an, wie sie lachten und tobten. Ein Kind stand etwas abseits von den anderen in der Nähe der Schaukel. Er, der Kleidung nach zu urteilen war es ein Junge, hatte uns den Rücken zugewandt und schien sich nicht so recht auf die Schaukel zu trauen.

´ Dem kann geholfen werden´ dachte sich wohl die Kindergärtnerin.

Schon stürzte sie sich mit den Worten „So mein Kleiner, jetzt wird erst einmal schön geschaukelt" auf den Jungen, packte ihn und hievte ihn auf die Schaukel. Dann gab es noch ein paar aufmunternde Schubser, damit Schaukel und Kind in Fahrt kamen.

Triumphierend sah mich das Mädchen an, grinste breit und gab dem Jungen noch einen freundlichen Stoß in den Rücken.

Plötzlich vernahmen wir ein Gebrüll, wie von einem angestochenen Bären.

Es war der Junge auf der Schaukel, der jetzt in den Sand sprang, sich umdrehte und mit tiefer Männerstimme rief: „Indignante. Voy a mostrar que."

Das hieß wohl so etwas wie „Unverschämtheit. Ich werde Sie anzeigen."

Wir erstarrten beide vor Schreck und schlugen die Hände über den Kopf zusammen. Das vermeintliche Kind war ein Kleinwüchsiger. Ein verdammt wütender Kleinwüchsiger, der uns gar mit der Faust drohte.

Wie sich herausstellte, war er der Vater eines der Kinder, die auf der Hüpfburg zugange waren und beobachtete einfach nur seinen spielenden Filius.

Wir nahmen die Beine in die Hand und sahen zu, dass wir Land gewannen.

Die Aktion war mal wieder gründlich in die Hose gegangen und ich fühlte mich eigenartigerweise etwas schuldig.

„Du, tut mir echt leid aber das habe ich doch auch nicht gewusst" versuchte ich es im sanften Tonfall.

Aber dieses Mal hatte ich keine Chance. Ingeborg war noch gekränkter als zuvor.

Zum Glück gab sie nicht mir die Schuld an der Misere, sondern suhlte sich ausgiebig in Selbstmitleid.

„Warum nur mache ich immer alles falsch? Weshalb passiert immer nur mir solch ein Mist?" hörte ich sie leise grummeln.

Später zog sie sich rasch auf ihr Hotelzimmer zurück, mochte nicht mehr zu Abend essen und kein Gläschen Rotwein zum Abschied vom Urlaub.

Der Flieger landete ohne nennenswerte Zwischenfälle in Bremen und unsere Wege trennten sich.

Ingeborg hatte ihren uralten, VW Jetta 1 in der Tiefgarage des Airports geparkt und machte sich jetzt auf den Weg nach Hildesheim über die A281. Ich löste ein Ticket für die Straßenbahn der Linie 6, die mich erst einmal Richtung Innenstadt brachte.

„Wir telefonieren, okay?" hatte ich zum Abschied noch schnell gesagt und ihr die Hand gereicht.

Diese schlug sie aus, umarmte mich dafür kurz und hauchte mir ein „Danke für alles. War nett mit Dir" ins Ohr. Damit entschwand sie und drehte sich nicht noch einmal um.

Da stand ich jetzt am Airport und wusste nicht, wie ich diese Szene deuten sollte. Meinte Ingeborg ihre Worte tatsächlich ernst?

Nach allen, was passiert war? Dass konnte nicht wahr sein oder sie war die größte Masochistin, die ich kannte.

Wie auch immer. Ich glaubte nicht, dass ich das Mädchen noch einmal wiedersehen würde.

Viel Zeit zum Grübeln war mir nicht vergönnt, denn schon am nächsten Tag, pünktlich um 11.00 Uhr, war mein erster Arbeitstag nach dem Kurzurlaub.

Ich hatte kaum das Hotel betreten und der Frühstücksdame, die gerade gehen wollte ein freundlichen „Moin, Moin" zugerufen, da lugte auch schon Direktor Lämmermann durch einen Spalt seiner Bürotür.

„Ah, Herr Urban. Schön das Sie wieder zurück sind. Ich hoffe, Sie hatten noch eine angenehme Zeit mit ihrer kleinen Freundin."

Der süffisante Unterton in seiner Begrüßung war mir nicht entgangen aber ich machte gute Miene zum bösen Spiel und nickte gefällig.

„Ja vielen Dank, die hatten wir. Auch schön, Sie hier wieder zu sehen."

Das sollte dann auch erst einmal reichen an Höflichkeiten.

Schon änderte sich sein Tonfall und ich wusste, dass keine angenehmen Nachrichten auf mich warteten.

Als sich seine Bürotür hinter uns geschlossen hatte und wir Platz genommen hatten, eröffnete er mir seine Gedanken der letzten Tage.

Den genauen Wortlaut seines Vortrages vermag ich nicht mehr wieder zu geben. Die Quintessenz von Lämmermanns „One man show" war, dass er darüber nachgedacht hatte, einen erfahreneren Kollegen als Restaurantleiter einzustellen. Wie wir nun einmal Beide wussten, war ich nur durch Zufall an diesen extrem verantwortungsvollen Posten geraten und hatte ihn im Großen und Ganzen zufriedenstellend ausgefüllt. Aber er benötige in dieser höchst sensiblen Schnittstelle zwischen Personal und Kunden einen erfahrenen Mann, ganz einfach einen Profi. Einen Restaurantleiter mit erweiterten Sprachkenntnissen, mit dem know how aus vielen Jahren Dienst in ähnlicher Tätigkeit. Jemanden, der Auslandsaufenthalte vorzuweisen hatte und mehr Betriebe von innen gesehen hatte als nur einen Einzigen. Einen Mann mit erweitertem Horizont, der unvoreingenommen dem Hotel und seinen Mitarbeitern gegenüber steht.

Starke Worte, harter Tobak aber wo blieb ich in diesem Spiel? Welche Rolle hatte er für meine Wenigkeit vorgesehen?

Lämmermann überließ nichts dem Zufall. Auch daran hatte er gedacht.

Ich müsste natürlich zurück in die 2. Reihe, wobei ich diesen Begriff doch bitte sehr nicht negativ behaftet sehen sollte. Kellner ist ein ehrbarer Beruf und einen guten Kellner hätte ich laut Aussagen seines Vorgängers stets abgegeben. Die Gäste schätzten mich und mit den Kollegen käme ich gut aus.

Gerne dürfte ich den Stellvertreter abgeben, wenn die Nummer 1 Ausgang hätte. Außerdem hatte ich natürlich ausreichend Gelegenheit, von dem Profi zu lernen.

Na immerhin etwas. Gleich darauf der nächste Dämpfer.

„Aber bitte keine selbstständigen Entscheidungen treffen. Das dürfen nur der Oberkellner und der Direktor".

Aha, in Ordnung.

„Falls Sie der Meinung sind, Sie würden jetzt vor den anderen Kollegen oder Gästen ihr Gesicht verlieren, so nehme ich, wenn auch ungern, Ihre Kündigung entgegen.

Er lächelte einmal mehr süffisant.

Ich entschwand aus seinem Büro und begab mich in den Umkleideraum.

Worte, wie Schläge in die Magengruppe, die mir der freundliche Herr Direktor soeben verpasst hatte. Die musste ich erst einmal verdauen.

´Danke Ingeborg, dass Du mir diesen Bärendienst erwiesen hast´ dachte ich nur. Ich hatte geahnt, dass die Angelegenheit ein Nachspiel haben würde. Ein Mann vom Format unseres neuen Direktors konnte nur unschwer mit Niederlagen umgehen. Er war eitel und rachsüchtig.

So war es also, wenn man quasi gekündigt wurde. Ich war mir ziemlich sicher, dass Lämmermann fest damit rechnete, dass ich nun empört das Hotel verlassen und ihm meine Kündigung präsentieren würde.

Doch dem war nicht so. Ich war weder in meiner Ehre gekränkt, noch geriet die Welt aus den Fugen.

Völlig überraschend kam die Entscheidung von Lämmermann eh nicht. Schon zu Direktor Hintzes Zeiten hatte ich mich des Öfteren unwohl gefühlt in meiner Position. Ich hatte manchmal das Gefühl nur Platzhalter zu sein für einen anderen, besseren Mann als mich.

Doch nie war jemand erschienen. Auch hatte ich zu keiner Zeit mitbekommen, dass ein „richtiger" Restaurantleiter gesucht würde.

Hintze hatte stets beteuert, dass sowohl er als auch die anderen Mitarbeiter sehr zufrieden seien mit meiner Arbeit. Hin und wieder hatte er mir ein paar wichtige Tipps mit auf den Weg gegeben, die eher organisatorische Hintergründe hatten. Diverse Dinge hatte ich mir selbst beigebracht oder im Netz recherchiert. „Wie schreibe ich einen korrekten Dienstplan?", Kalkulation von Wareneinkäufen etc. Es war auch mein Wunsch gewesen, die Ausbildungseignungsprüfung bei der Handelskammer abzulegen, damit ich gewappnet war, falls unser Betrieb tatsächlich einmal Lehrlinge einstellen sollte.

Während meiner „Amtszeit“ hatte ich niemals wirklich weitreichende Entscheidungen treffen müssen. Ich hatte weder Mitarbeiter eingestellt noch gekündigt. Das Betriebsklima war stets ruhig gewesen, so dass ich keine größeren Konflikte hatte lösen müssen.

Im Großen und Ganzen war ich mit meiner Arbeit zufrieden gewesen, auch wenn mir die Nähe zu meinen ehemaligen Arbeitskollegen manchmal fehlte.

Bald würden wir wieder vereint sein. Wie würden die Anderen die Neuigkeit wohl aufnehmen?

Zunächst lief alles wie immer. Ich tat meine Arbeit und wahrte Distanz zu den Kellnern. Denen entging nicht, dass Lämmermanns anfängliche Euphorie für meine Person sichtlich abgekühlt war. Außer ein paar belanglose Worte gab es zwischen uns nicht mehr viel Gesprächsbedarf.

In den Augen des Service - Personals machte mich das mit einem Schlag wieder viel sympathischer und ihre ablehnende Haltung bröckelte allmählich.

Weder unser Direktor noch meine Person deuteten Ihnen gegenüber an, dass sich ein personeller Umbruch abzeichnete.

An einem schönen Montagmorgen stand er dann auf der Matte - unser neuer Restaurantleiter. Von Hoteldirektor Lämmermann persönlich sorgfältig ausgewählt. Die Kriterien zu seiner Wahl hatte er mir ja vor nicht allzu langer Zeit bereits in seinem Büro erläutert.

Rudolf Kreutzer war Österreicher. Viel mehr an erklärenden Worten braucht es im Grunde nicht.

Ein fröhlicher, unter verbaler Diarrhoe leidender Ösi , in der wortkargen und ernsten, nordischen Tiefebene. Das passte, wie Erdbeermarmelade auf Rostbratwurst.

Wenn Hoteldirektor Lämmermann mit seinen Business - Manieren schon eine gewöhnungsbedürftige Figur abgab, in unserer Touristen Tränke, so tat es der neue Restaurantleiter erst Recht.

Was für eine grandiose Idee, den 55 Jährigen Alpenbewohner aus der Steiermark, in der „Welle“ einzustellen. Applaus, Applaus.

Ein Glück nur, dass der Imageberater oder wer auch immer, den wackeren Steirer noch kurz vor dem Arbeitsantritt davon abhalten konnte, die Tracht anzulegen. Das Alphorn blieb auch mal lieber im Schrank; und mit dem Tiroler Hut durfte die Katze spielen.

Nur der grausame Dialekt unseres Ösis ließ sich leider nicht einfach ausschalten oder auswechseln.

Die Gäste hätten vermutlich eher einen stummen, neuen Oberkellner akzeptiert, der Ihnen beim Essen einfach fröhlich zuwinkte als DAS.

Einen ahnungslosen Großbauern näherte sich Rudi Kreutzer ohne Vorwarnung von der Seite und grinste diesen an, mit den Worten: „Joar, des isch a leckerli, ha? Mörder guat, die Erdäpfelsuppe.“

Dem nächsten Gast, der soeben sein frisch gezapftes Becks an die Lippen führte, ermahnte Kreutzer:

„Burschi, zutzel net so gfierig. Bit soanst andippelt.“

Als ihn Gäste auf sein verwirrendes Idiom ansprachen, gelobte er Besserung.

„ Freilich, koan ich oach nach der Schreibe reden.“

Fachlich war er Top - ohne Wenn und Aber.

Ob es um kulinarische Aspekte ging oder Fach Termini - man bekam stets eine zufriedenstellende Antwort auf seine Fragen. Mit seinem Wissen zu Zubereitung und Präsentation von Speisen kamen nicht einmal alteingesessene Köche mit. Vom Weinservice wollen wir gleich ganz schweigen.

Wir alten Kellner hatten wirklich nur rudimentär Ahnung, von dem, was wir den Gästen ausschenkten. Kreutzer konnte auf Anhieb sämtliche Weine am Geruch erkennen und einen Stammbauch der Weinflasche bis zu Urgroßvater Rebstock herstellen.

Beeindruckend. Wahrlich.

Es stellte sich lediglich die Frage: Wer brauchte dieses gebündelte Fachwissen in unserer herkömmlichen Herberge? Die Antwort lautete: Kein Mensch.

Wenn der Ösi nicht auch noch Initiative entwickelt hätte, eigene Gedanken und Sendungsbewusstsein - viel Kummer wäre Ihn und uns erspart geblieben.

Warum konnte nicht einfach alles so bleiben wie es war?

Weshalb wollte der neue Restaurantleiter plötzlich Profis aus uns machen? Weinschulungen hier, Tranchierkurse dort. Heute ein Tee - Seminar, morgen ein Verkaufstraining. Wir wurden zu sämtlichen gastronomischen Messen im Umkreis von 250 Kilometern geschleppt, neu eingekleidet und es wurde uns nahe gelegt in unserer Freizeit einen Französischkurs zu besuchen.

Auch unsere Gäste wollte der Alpen Kellner revolutionieren. Bier wäre etwas für Proleten pflegte er zu sagen. Der Mann von Welt trinke Rotwein.

Nur zu dumm, dass bei uns kaum Männer von Welt einkehrten. Vielleicht ein paar ehemalige Kapitäne und Seeleute, die die halbe Welt bereist hatten aber die hatten eher Durst auf eine gepflegte Lütte Lage. Dazu durfte es auch gerne Knipp, Labskaus oder eine leckere Büsumer Kutterscholle sein. Auf keinen Fall die seltsamen Mini Häppchen, welche Kreutzer plötzlich feil bot und von denen keiner satt wurde.

So oder so - das Leben in der „Welle“ war nicht mehr das Gleiche wie zuvor.

Die ersten Kollegen entwickelten zaghafte Kündigungsabsichten. Das Duo Lämmermann / Kreutzer schien geradewegs aus den Darmzotten des Teufels zu kommen, so viel Diabolik wie beide zusammen entwickelten. Da wurden absichtlich Intrigen gegen Mitarbeiter inszeniert und Gerüchte in die Welt gesetzt, um die Stimmung am Arbeitsplatz auf Sparflamme zu halten. Das alte Lied; Lieber Zwietracht unter den Mitarbeitern, als alle zusammen gegen die Chefetage.

Auch unsere Stammkunden, die wir über viele Jahre hin gepflegt und verhätschelt hatten, merkten, dass plötzlich raue Winde wehten. Wie sie doch den alten Zeiten unter Direktor Hintze nachtrauerten.

Den neuen Weg, den unser Direktor eingeschlagen hatte, Nobel und exklusiv, waren nicht viele von unseren alten Gästen bereit mitzugehen. Kultiviert und elitär gingen bei uns selbstverständlich Hand in Hand mit einer Verteuerung der Speisen und Getränke. Dafür gab es auch neue Speise - und Getränkekarten, mit allerlei fremdländisch klingenden Verköstigungen.

Die ausbleibenden Gäste schob Lämmermann auf unseren schlechten Service. Darum wies er den Ösi an, uns „Beine zu machen“.

Da hatte der Steirer seine wahre Passion gefunden. Ständig stand er uns auf den Füßen und gab uns Anweisungen.

„Haben Sie den Gast gefragt, ob er einen Aperitif wünscht?“

„Nein, das ist doch der Fischer Toni aus Lesum, der will nur in Ruhe sein Feierabendbier trinken.“

„So gehen´s hin und fragen´s ihn, ob er einen Aperitif wünscht.“

„Moin Toni, wie geht´s? Magst Du einen Aperitif trinken? Ich hätte einen schönen trockenen Sherry oder ein Glas Champagner mit Hibiskusblüte."

„Häh? Junge, hast Du als Kind zu viel Buchstabensuppe gegessen? Jetzt bring mir mal schön mein Becks Bier und das andere Zeugs kannst Du Dir in die Haare schmieren."

Kreutzer: „Was hat der Gast gesagt?"

Ich: „Er möchte keinen Aperitif. Er will Bier."

Kreutzer. „Was für ein Prolet. Geh her und bring ihm sein Bier."

So sahen unsere Tage für gewöhnlich aus.

Früher war ich einmal gerne zur Arbeit gegangen. Jetzt glich jeder Gang ins Hotel einem Marsch in die mexikanische Kupfermine. Wie ich die alten Zeiten doch vermisste.

Privat sah es auch nicht besser aus.

Hatte ich einmal Sonntag frei, durfte ich bei meiner Erzeugerfraktion auftauchen.

Gegen das Essen, welches meine Mutter für gewöhnlich auftischte hatte ich weiß Gott nichts aber die Gespräche nach dem Mahl waren eine Tortur ohne Gleichen.

Kaum waren die Teller vom Tisch und der Kaffee serviert begann meine Mutter mit der alten Leier.

„Sag mal Junge, hast Du denn immer noch keine neue Freundin?"

„Nein, Mutter. Habe ich nicht aber wenn ich eine habe, bist Du die erste Person, die es erfährt. Darf ich noch solch einen Schokoladenkeks haben?"

Meine Mutter war zweifellos eine sehr resolute Frau. Sie zog den Teller mit den selbst gebackenen Naschwerk zu sich heran, damit ich ihn nicht erreichen konnte und sprach böse:

„Jetzt sei mal nicht so pampig zu Deiner alten Mutter. Das ist ja wohl mein gutes Recht, zu erfahren, ob es Dir gut geht, wo ich Dich auch zur Welt gebracht habe."

„Entschuldige Mutter. Ja, es geht mir gut und nein, ich habe keine feste Freundin" leierte ich meine Standard - Antwort herunter.

Selbstverständlich gab sich meine Herstellerin nicht damit zufrieden. Sie schwieg ungefähr eine Minute lang, musterte mich misstrauisch und bohrte dann weiter: „Ja aber warum hast Du denn keine feste Freundin? Was stimmt denn bloß nicht mit Dir? Die anderen Jungen in Deinem Alter sind fast alle verheiratet und haben Kinder. Schau Dir nur mal den Malte an, aus Deiner alten Klasse. Der hat sogar Zwillinge."

Ich nahm noch einen Schluck von dem wirklich sensationell guten Kaffee und versuchte sie zu beruhigen.

„Glaub mir Mutter - mit mir stimmt alles. Alles ist in bester Ordnung. Ich habe einfach nur einen sehr anstrengenden und stressigen Job, der mir viel Zeit raubt. Die Damen heutzutage sind nicht so nett und verständnisvoll wie du mit Vaddern. Die wollen, das Du ständig für sie da bist, die wollen an den Wochenenden etwas unternehmen und das geht halt nicht, wenn man in der Gastronomie arbeitest."

Auch diese, meine Erklärung zog in letzter Zeit nicht mehr wirklich. Meine Frau Mama hatte inzwischen recherchiert und herausgefunden, dass fast alle meine Kollegen längst unter der Haube waren. Ein untrügliches Zeichen, dass sich Gastronomie und Ehe nicht grundsätzlich ausschlossen.

Sie starrte eine Zeit lang auf die Wachstischdecke mit den Blumenmustern darauf, dann musterte sie mich still von oben bis unten und holte zum nächsten Schlag aus.

„Ja aber, wie machst Du es denn mit dem Sex? Ich meine, ein junger Mann in Deinem Alter hat doch bestimmt seine Bedürfnisse…"

Ich sprang vom Tisch auf und verschüttete etwas von dem guten Bohnenkaffee.

„So, jetzt ist aber auch mal wieder gut. So etwas fragt man doch nun wirklich nicht."

Endlich sprang mir auch mal mein alter Herr helfend zur Seite.

„Hertha, der Junge hat Recht. So etwas fragt man doch nun wirklich nicht. Vor allem nicht bei Tisch."

„Wo denn sonst? In der Sauna?" pampte seine Gattin zurück.

Dann räumten beide zusammen das Kaffeegeschirr in die Küche.

Dort drinnen, hinter angelehnter Tür, ging das Getuschel weiter.

Meine Mutter: „Oh Gott. Meinst Du der Junge ist schwul?"

Mein Vater: „Was weiß ich denn. Früher hatte er doch jede Menge Freundinnen. Denk nur an die Anne. Das war eine Nette."

Meine Mutter: „Manche Leute haben ihr Coming out erst später."

Mein Vater: „Was für ein Ding?"

Meine Mutter: „Coming out. Habe ich in der Neuen Revue gelesen. Wenn Männer sich zu ihrer Homosexualität bekennen."

Mein Vater: „Igitt. Ist ja widerlich."

Ich: „Hallo. Ich kann euch da drinnen hören. Und nein, ich bin nicht schwul."

Die Eltern gleichzeitig: „Oh Gott – Du hast die Tür nicht zugemacht."

Kapitel 3

So gingen sie dahin meine Tage und nichts Überraschendes passierte. Doch dann war da dieser Montag, in der letzten Februarwoche.

Ich kam ausnahmsweise früh Heim und wollte mir einen alten Klassiker von David Lynch zu Gemüte führen. „Eraserhead" hatte ich bestimmt schon ein halbes Dutzend Mal gesehen, 1 Mal davon sogar in einem Independent Kino in London, mit musikalischer Untermalung von drei russischen Musik - Studenten.

Immer wieder fragte ich mich, wie Lynch das mit dem Fötus gemacht hatte? Tatsächlich Tricktechnik oder nicht ganz legale Improvisation?

Sei es drum. Da das kunstvolle Meisterwerk mit einem leichten Rausch an ehesten wirkte, öffnete ich eine Flasche „Senda del Oro".

Kunst aus dem DVD - Player und Kunst aus der Flasche. Was für ein erhebender Moment.

Es war kurz vor Mitternacht, als das Telefon klingelte.

Ich schrak zusammen. Es war eher Ausnahme als Regel, dass um diese fortgeschrittene Zeit noch irgendwer versuchte mich zu erreichen.

Im Normalfall könnte es noch jemand vom Hotel sein, der mich zu sprechen wünschte. Abrechnung nicht korrekt oder etwas in der Richtung.

Ich nahm den Hörer ab und meldete mich ernst und höflich mit meinem Vor - und Zunamen.

Eine weibliche, scheinbar leicht beschwipste Stimme säuselte: „Ich will nach Ägypten."

Ich zog die Stirn kraus.

„Ja ähem, dass tut mir leid, falsch verbunden. Hier ist nicht das Reisebüro und ich kann mir nicht vorstellen, dass die jetzt noch geöffnet haben. Man kann Reisen jetzt aber auch schon online buchen. Hören Sie…"

Die Dame am anderen Ende der Leitung unterbrach mich abrupt.

„Du Blödmann. Ich bin´s. Ingeborg."

Puh, da musste ich erst einmal kräftig durchschnaufen. Mit meiner damaligen Reisepartnerin hatte ich gleich gar nicht gerechnet. Kult aus dem Telefon?

Ich zögerte wohl zu lange, denn ungeduldig wie ich sie kannte, rief die Hildesheimerin:

„Was ist los? Schläfst Du etwa schon? Ich dachte, Du bist Gastronom und arbeitest bis tief in die Nacht hinein."

„Und ich dachte, Du seist Kindergärtnerin und musst morgen wieder früh malochen."

Ein kurzes, trocknes Lachen war zu vernehmen.

„Du Spinner. Hast Du keinen Kalender Zuhause? Morgen ist doch Feiertag."

Echt? Das war mir ganz entgangen. Musste einer von den neumodischen Feiertagen sein, wie Wiedervereinigung. Was Traditionelles hätte ich mir gemerkt.

„Ach so. Hätte ich fast vergessen" beeilte ich mich fix zu versichern.

„Kommst Du jetzt mit nach Ägypten?"

Ich nahm noch schnell einen Schluck von meinem Edel - Tempranillo.

„Wie jetzt? Du hast ein halbes Jahr nichts von Dir hören lassen und nun rufst Du mitten in der Nacht an, weil Du eine Reisebegleitung brauchst."

Das hatte ich sehr schön zusammengefasst. Fand ich jedenfalls.

„Hey, ich habe Dir doch dein Geld geschickt oder nicht?"

Das stand außer Frage.

„Hättest Dich ja trotz dem Mal melden können. Einfach so."

„Na Du doch auch" rief Ingeborg harsch und etwas leiser „ich dachte, Du bist noch sauer."

Ich stutze.

„Nein, wieso sollte ich denn? Gibt doch überhaupt keinen Grund auf Dich sauer zu sein. Wenn überhaupt, hättest Du einen."

„Nö. Habe auch keinen Grund."

Mehr fiel mir gerade nicht ein. Also ergriff das Mädchen wieder die Initiative.

„Okay. Na dann ist ja soweit alles klar. Also, wann fliegen wir los?"

Ich hob beschwichtigend die Arme und kam mir kurz darauf ziemlich dumm vor, weil Ingeborg meine Geste ja nicht durch das Telefon sehen konnte.

„Nicht so schnell. Ich habe doch noch gar nicht zugesagt."

Die Hildesheimer Nervensäge verlegte sich jetzt aufs Betteln.

„Hey, was ist los mit Dir? Wir hatten doch viel Spaß auf den Kanaren. Oder etwa nicht?"

Was sollte ich darauf antworten? Spaß sah bei mir für gewöhnlich anders aus, aber Dank Ingeborg war meine Vita nun um einige Punkte interessanter.

„Okay, okay. Lass mich kurz nachdenken. In drei Wochen könnte ich 6 oder sogar sieben Tage frei machen. Da ist bei uns Flaute im Betrieb. Wie sieht es bei Dir aus?“

Sie lachte.

„Perfekt. Da sind Ferien.“

Als sie fertig war mit jubeln fragte ich ernst:

„Warum ausgerechnet Ägypten?“

„Sonne. Tolles Essen und reichlich Kultur.“

Ich gab jeglichen Widerstand auf.

„Da habe ich wohl dieses Mal kein Mitspracherecht, was das Urlaubsziel angeht oder?“

„Nö. Dafür spendiere ich uns ein schönes großes Eis.“

„Lieber nicht. Mit Eis essen haben wir zwei ja nicht so gute Erfahrungen gemacht, hm?“

Sie lachte schrill und freute sich, dass ich ihre kleine Anspielung verstanden hatte.

„Vielleicht gehen Eisflecken aus ´nem ägyptischen Perserteppich besser raus.“

„Zur Not habe ich ja noch meine Kreditkarte. Kümmerst Du Dich um Flug und Hotel? Ich überweise Dir dann die Kohle, okay?“

„Super, Mann, echt lieb von Dir, dass Du mich nicht alleine reisen lässt.“

„Gute Nacht.“

„Gute Nacht.“

Die drei Wochen bis zu unserer zweiten gemeinsamen Reise vergingen endlos und quälend langsam.

Ob es an dem gestörten Betriebsklima lag oder den an traurigen Wintermonaten vermag ich nicht zu sagen, aber mein Wesen machte gerade einen Wandel mit.

Ich wurde immer phlegmatischer und desinteressierter. Was war ich noch aufgeregt vor all den anderen Reisen. Schon Wochen zuvor hatte ich mich mit dem jeweiligen Urlaubsland vertraut gemacht, mir Reiseführer bestellt und Notizen gemacht, welche Höhepunkte des Landes ich zu besuchten gedachte.

Von Aufregung war dieses Mal nichts zu spüren. Möglich auch, dass es daran lag, dass nicht ich mir das Reiseziel ausgesucht hatte, sondern ich in diesen Trip quasi rein geschlittert war.

Worauf ich mich ehrlich freute war ein Wiedersehen mit Ingeborg.

So nervig wie das Mädchen auch sein konnte und so verschieden unsere Temperamente auch waren, Spaß hatte die Woche mit ihr auf jeden Fall gemacht.

Mir gefiel ihre Unbekümmertheit und die unkonventionelle Art Probleme anzugehen. Ich konnte mit ihr und über sie lachen und wusste, dass sie nicht nachtragend war. Ingeborg war eine ehrliche Haut und sehr originell. Oh ja, das war sie.

Der Flug nach Ägypten verlief ohne nennenswerte Zwischenfälle, einmal abgesehen von dem korpulenten Südländer im Sitz neben uns, der scheinbar unter akuter Platzangst litt und diese Phobie durch andauerndes leises aber geruchtsintensives Pupsen zum Ausdruck brachte. Keine Ahnung was der im Vorfeld gegessen hatte, aber der Gestank seiner Ausdünstungen war kaum auszuhalten. Wann immer wir ihn missbilligend ansahen, grinste er debil und machte Grimassen der Unschuld.

Was waren wir froh, als wir endlich das Flugzeug verlassen konnten. Noch zwei Stunden später tränten unsere Augen und ich überlegte, welchen Zweck die Genfer Konventionen wohl hatten, wenn die Durchsetzung nicht konsequent überwacht wurde. Stichwort: Einsatz von Senfgas.

Unser Wiedersehen am Flughafen war ein besonders herzliches. Meine Hildesheimerin war mir mit einem breiten Grinsen in die Arme geflogen und hatte mir erst einmal einen dicken Kuss auf die Wange gegeben.

Da ich, wie ich bereits erwähnt habe, eher spröder Natur bin und es mit ausgelassenen Freudenszelebrationen nicht so hatte, wäre mir ein einfaches Händeschütteln auch Recht gewesen.

Ingeborg sah gut aus. Erholt und zufrieden – also das genaue Gegenteil von mir. Sie hatte auch irgendetwas mit ihren Haaren gemacht aber ich kam nicht drauf was es war. Ah jetzt, komplett kahl geschoren. Die Locken waren ab. Nein, Scherz, natürlich nicht. Sie hatte ihre prächtige Löwenmähne nur etwas blondiert, mit dunklen Strähnchen und mit dem Glätteisen ein wenig gebändigt. Auf alle Fälle stand ihr diese kleine Veränderung ausgezeichnet.

Was noch? Ah ja, pünktlich zum Reiseantritt noch mal mit der besten Freundin shoppen gewesen.

Neuer Look, weg vom alternativen „Ich pfeife auf konventionelle Kleidung", hin zum „ich bin jetzt angepasst aber fühle mich trotzdem wohl."

Bei unserem letzten Treffen hatte sie noch wie eine kanadische Waldarbeiterin ausgesehen. Verblichene Jeans – Latzhose und ungebügeltes Karohemd, dazu Schuhe vom Discounter. Zusammengefasst war das ein Best of Grabbeltisch 1960 gewesen. Von Generation zu Generation weitergereicht. Mit ganz viel Liebe im Herzen.

Jetzt trug sie eine beige Dreiviertel - Hose im Kargo Stil und ein weißes Polo Shirt, mit der Aufschrift: „Girls Power". Immer noch besser als eine Didl Maus, dachte ich.

„Oh Mann, ich habe so richtig Bock auf diesen Urlaub. Ägypten! Ich kann es noch gar nicht fassen. Da wollte ich schon ewig mal hin. Habe bisher nur Gutes von gehört."

„Na dann kann unsere Reise ja nur super werden. Auf geht's. Lass uns einchecken."

Wir waren auch noch gut gelaunt, als wir das Hotel nach 4 Stunden Flug und einstündiger Fahrt mit dem Shuttle Service erreichten.

Das „Oriental Beach" machte schon was her mit seinen 18 Stockwerken und den vielen Lichtern. Da hatte Ingeborg mal Geschmack bewiesen beim Aussuchen und Buchen unserer Unterkunft.

Spätestens beim Einchecken ging unsere gute Laune dann gründlich den Bach hinunter. Als wir den ägyptischen Rezeptionisten unsere Hotelvoucher präsentierten, erklärte dieser in holprigen Englisch, es läge ein Missverständnis vor und unsere Zimmer seien erst ab dem morgigen Tag beziehbar.

Ich versuchte zunächst höflich und diplomatisch das Problem zu lösen. Ob es nicht zwei andere Einzelzimmer gäbe, zur Not auch ein Doppelzimmer, wo wir bis zum nächsten Tag nächtigen konnten.

Der gute Mann durchforstete noch einmal seinen Computer, stöhnte leise, schüttelte den Kopf und gab dann ein „No, impossible" zum Besten. Das Hotel sei komplett ausgebucht, aufgrund eines Volksfestes, welches in den nächsten Tagen stattfinden sollte.

Die Unterbringung in einem Nachbarhotel schien fast aussichtlos. Alle komplett ausgebucht.

Um seinen guten Willen zu demonstrieren griff der Angestellte zum Hörer und telefonierte mit einem Kollegen in einem Partnerhotel.

Wieder wandte er sich uns zu: „No. Impossible."

Wo wir denn seiner Meinung nach schlafen sollten, fragte ich, schon etwas gereizter.

Als Antwort gab es nur ein bedauerndes Schulterzucken.

Dann war Ingeborg dran. Zum Glück hatte ich einen ihrer berüchtigten Wutausbrüche schon einmal erleben dürfen. So hielt sich mein Schock ob der nächsten Szene in Grenzen.

Wie eine Furie schlug sie mit der flachen Hand auf den Tresen und verlangte in ohrenbetäubender Lautstärke einen Manager oder am besten gleich den Direktor zu sprechen. Es sei doch wohl eine Zumutung uns hier so stehen zu lassen und es sei doch wohl nicht unsere Schuld, wenn das Hotelpersonal unfähig sei, eine einfache Buchung zu tätigen.

Ein Manager erschien, adrett gekleidet und versuchte sie zu beruhigen.

Das schien zunächst aussichtslos.

„Wir haben gerade 4 Stunden in einen verdammten Flieger gesessen, neben einen Typen, der so furchtbar gestunken hat, dass uns jetzt noch die Ohren klingeln, dann eine Stunde auf einer holprigen Autobahn und Sie wollen uns erzählen, dass wir am Strand schlafen sollen? Ich gebe Ihnen jetzt genau zwei Minuten für uns ein Zimmer zu finden oder ich brülle das gesamte Hotel zusammen. Ich rufe die Reiseleitung an und sie werden nie wieder Gäste aus Deutschland in ihrem Hotel wiedersehen. Es wird negative Bewertungen in jedem Online Portal über ihr Unternehmen geben. Holiday Check, Booking Com, Trivago. Passen Sie bloß auf, mit wem Sie sich hier anlegen."

Der Manager schaute noch einmal in sein Reservierungsprogramm nach aber es war wohl nichts zu machen. Er war sichtlich nervös, kaute verzweifelt an seiner Unterlippe und hatte Schweißperlen auf der Stirn.

Sein Kollege, der junge Mann, der uns zuerst bedient hatte, schien eine Idee zu haben. Er gesellte sich zu seinem Vorgesetzten und flüsterte diesem in der Landessprache etwas ins Ohr.

Zunächst schien er nicht allzu empfänglich, für die Idee seines Untergebenen, doch allmählich hellte sich seine Miene auf.

„Imir hat gerade erwähnt, dass einer unserer Angestellten, ein junger Kellner aus Kairo gestern nach Hause gefahren ist, weil sein Großvater im Sterben liegt und er ihn ein letztes Mal sehen möchte. Traurige Geschichte, nicht wahr?"

Als er keinerlei Regung auf unseren Gesichtern erkannte fuhr er hastig fort:

„Wie auch immer. Also dieser Kellner, namens Mohamad, hat im Keller unseres Hotels ein kleines Personalzimmer. Nichts Besonderes, zweckmäßig. Ich würde es sofort frisch beziehen lassen und ich denke, für eine Nacht könnte dieses Zimmer seinen Zweck erfüllen. Ich nehme an, sie beide sind sehr müde vom Reisestress und werden schlafen wie die Engel und überhaupt nicht mitbekommen, wo sie sich befinden, wenn das Licht erst erloschen ist..."

Er grinste vielsagend und ich fuhr sofort dazwischen:

„Entschuldigen Sie mal, diese Andeutungen können Sie sich gleich sparen. Wie Sie vielleicht in ihrem Buchungssystem erkennen können, haben wir zwei Einzelzimmer gebucht. Wir sind kein Paar oder etwas in der Art, sondern zwei Singles, die nur gemeinsam reisen."

„Schon klar, schon klar. Ich bitte vielmals um Verzeihung. Also, ich würde das Personalzimmer für Sie schnell herrichten lassen und wenn Sie möchten, können Sie derweil einen Drink an der Poolbar nehmen. Der geht selbstverständlich auf unsere Rechnung. Als Entschuldigung für die kleine Reservierungspanne werden wir Ihre beiden gebuchten Zimmer für morgen upgraden. Das heißt, sie morgen jeweils ein Deluxe Doppelzimmer mit Meerblick zur alleinigen Nutzung. Sind Sie damit einverstanden?"

Welche Wahl blieb uns denn, außer in den sauren Apfel zu beißen?

Wir waren müde und hatten keine Lust mehr mit dem Empfangskasper zu streiten.

Unsere Notunterkunft war schnell hergerichtet. Wir hatten kaum Zeit unsere Drinks herunterzustürzen.

Was für eine armselige Absteige. Wie konnte man seinem Personal so etwas überhaupt zumuten?

Ein düsteres Kellerloch von der Größe einer Schiffskabine für Klasse 3 Reisende. Quer durch den Raum liefen zwei riesige Heizungsrohre, die laut vibrierten. Der Putz an den Wänden war größtenteils abgebröckelt, so dass man freien Blick auf die übereinander gestapelten Mauersteine hatte.

Das wenige Mobiliar nahm fast den ganzen Raum ein. Natürlich das Bett, 180 cm lang, 120 cm breit.

´Das wird ziemlich eng zu zweit´ dachte ich ´hoffentlich rücke ich Ingeborg nicht zu sehr auf die Pelle im Schlaf und die wertet das dann als plumpen Anmachversuch.´

Ein vergilbter Läufer, ein Kleiderschrank, dessen rechte Tür fehlte und einige weiße Kellner Uniformen präsentierte.

„Ich geh mal kurz ins Bad mich frisch machen" knurrte Ingeborg, nachdem sie ihre Reisetasche in die Ecke gefeuert hatte.

Gleich darauf kam sie wieder zurück.

„Vergiss es. Das Bad ist eine mittlere Katastrophe und die Toilette ist wahrscheinlich im vorigen Jahrhundert das letzte Mal geputzt worden. Ich nehme also mein Recht zum Nichtduschen wahr und wenn dich das stören sollte, dann kannst Du Dir ein anderes Personalzimmer suchen."

Sie stapfte mit funkelnden Augen mit dem Fuß auf und sah mich herausfordernd an.

Ich winkte ab. Keine Lust auf Grundsatzdebatten.

„Selbst wenn Du Dich eine Woche lang nicht duschen solltest, könntest Du niemals mit unserem Freund aus dem Flieger konkurrieren. Ich habe ihn überlebt, da kann mich nichts mehr schocken."

Ingeborg grinste.

„So ist es Recht, mein lieber Reisepartner. So, dann kommen wir zum nächsten Streitpunkt. Welche Seite des Bettes hättest Du gerne. Ich beharre auf die Rechte."

Wieder winkte ich desinteressiert ab.

„Ist mir gleich. Ich will einfach nur schlafen und diesen Alptraum hier ganz schnell vergessen. Nimm Du die rechte Seite, ich gehe nach links."

Der kleine Triumph in Ingeborgs Augen entging mir nicht. Ihre leise Freude, den eigenen Willen durchgesetzt zu haben.

Da standen wir dann beide unschlüssig in der Mitte des Raumes und es herrschte ein peinliches Schweigen. Wir schauten abwechselnd auf das Bett, dann zu Boden und wieder zum Bett.

Ich unterbrach als erster die Stille.

„Ja, wie machen wir es jetzt? Soll ich mich umdrehen und Du ziehst Dir fix Dein Nachthemd oder was auch immer an und schlüpfst unter die Decke und dann bin ich dran oder erst ich und danach Du?"

Das Mädchen stöhnte leise.

„Oh Mann, normal stelle ich mich da echt nicht so zimperlich an, aber mit Deiner Prüderie steckst Du mich auch schon an."

„Wie, ich bin prüde? Was ist das denn wieder für ein Unfug?"

Dieses Mal stemmte ich aufgebracht die Arme in die Hüften.

„Na ist doch so. Du tust ja gerade so, als wärst Du noch nie mit einer Frau zu Bett gegangen."

„Na entschuldige, so lange und gut kennen wir uns schließlich auch noch nicht. Und denke daran, wir haben da unseren Verhaltenskodex als Reisepartner. Der sieht eine Situation wie diese überhaupt nicht vor."

Das Mädchen zischte abfällig: „Und den werde ich auch ganz bestimmt nicht brechen. Sei nicht gekränkt oder so, aber Du bist weiß Gott nicht mein Typ. Also versuch gar nicht erst, die Situation heute Nacht auszunutzen, sonst gibt es was auf die Nuss."

„Na fein" rief ich höhnisch „dann wäre das ja auch geklärt. Du bist nämlich auch nicht mein Typ und lieber hole ich mir einen runter, als das ich Dich auch nur anfasse."

Oh Gott, hatte ich das jetzt tatsächlich gesagt? Das war überhaupt nicht mein Stil. Diese verdammte Ingeborg schaffte es tatsächlich immer wieder, mich aus dem Konzept zu bringen. Sie weckte böse Seiten in mir, die ich so noch gar nicht kannte. Verdammt.

Die Hildesheimerin pfiff nur spöttisch, zog sich Socken, Hose und Oberteil aus und warf sich in Unterwäsche ins Bett. Prompt purzelten unter ihrem Kissen ein halbes Dutzend amerikanische Pornomagazine heraus. „Big Boobs", „Wet Asses" und „Slutty Teens" prangte auf den Covern, garniert mit Paaren in eindeutigen Posen und extravaganten Stellungen.

Wir schauten beide mit großen Augen auf die Schmuddel Heftchen und dieses Mal war es Ingeborg, die als Erste die Sprache wieder fand.

„Ich wette, Mommad hat sich auch gerne einen runter geholt."

Ich nickte.

„Und das hat Allah gesehen und seinen armen Großvater krank gemacht."

Wir lachten beide und der kleine Streit war bereits wieder vergessen. Ich zog mich ebenfalls aus und kroch zu ihr unter die Bettdecke.

Ich löschte das Licht und wir schwiegen fünf Minuten.

Mitten in die Stille hinein vernahm ich die Stimme meiner Reisebegleiterin.

„Waren das gerade weiße Mäuse auf Deiner Boxershorts?"

Oh Mann, sie brachte mich noch zur Weißglut.

„Geht das schon wieder los? Kannst Du nicht einfach mal nur die Klappe halten und versuchen zu schlafen? Und zu Deiner Information - nein, das sind keine weißen Mäuse, sondern Haie. Die Boxershorts hat mir meine Mum zu Weihnachten geschenkt und um mein Gewissen zu beruhigen, trage ich Sie hin und wieder. Hätte ich geahnt, dass ich heute Nacht mit Dir in einem Bett lande, hätte ich mir etwas Neutraleres angezogen."

Wieder ein kurzes Schweigen, dann ein weiterer Anlauf von Ingeborg.

„Du musst Deine Mutter wirklich sehr lieben, dass Du ihr zu liebe mit weißen Mäusen rumläufst."

„Weiße Haie, verdammt noch Mal. Habe ich doch gerade erst gesagt. Nur zu Deiner Information. Ja, ich liebe meine Mutter ehrlich und aufrichtig. Ihr zu liebe würde ich auch mit rosa Herzchen rumlaufen."

Ingeborg kicherte: „Jetzt hast Du aber angefangen mit der Tunten - Nummer."

Entnervt rief ich in die Dunkelheit hinein: „Du, ich würde jetzt gerne schlafen."

„Schon gut, schon gut. Ich ja auch aber ich kann nicht. Ich habe Angst vor Mäusen."

Ich schlug verzweifelt auf die Matratze, dann machte ich das Licht der Stehlampe neben mir an, riss die Bettdecke herunter und zeigte auf meine Boxershorts.

„Sieht das für Dich nach weißen Mäusen aus? Schau doch mal genau hin. Das sind doch eindeutig Haie."

Das Mädchen drehte sich zu mir um, beugte den Kopf herunter zu meinen Boxershorts und begutachtete das Textil aufmerksam.

„Tatsächlich. Weiße Haie. Da bin ich ja jetzt beruhigt."

Sie legte den Kopf wieder auf ihr Kissen und murmelte:

„Kannst Du bitte endlich das Licht ausmachen? Ich bin echt hundemüde."

Wieder lagen wir im Dunkeln im selben engen Bett und starrten ins Nichts. Ich war so weit auf meine Seite des Bettes gerutscht, wie ich konnte, immer mit der Schwerkraft kämpfend, damit ich nicht hinaus fiel. Trotzdem ließ es sich nicht vermeiden, dass sich hin unsere Zehen oder Knie berührten, was ich stets mit einem „Sorry" oder „Tut mir leid" kommentierte.

„Sag mal, wie lange hattest Du denn keine Frau mehr?" sprach meine Reisebegleiterin abermals in die Stille hinein.

Mir stockte fast der Atem und ich errötete augenblicklich. Der Dunkelheit sei Dank, bekam sie davon nichts mit.

„Äh, wieso die Frage denn jetzt?"

„Muss Dir doch nicht peinlich sein. Ich meine, Du bist doch auch schon länger Single oder?"

„Ist mir gar nicht peinlich" begehrte ich auf „das Singleleben heißt doch nicht automatisch, Askese."

„Also wie lange?"

Das Mädchen war so verdammt beharrlich und neugierig. Konnte sie sich nicht einfach zur Seite drehen und die Augen zumachen, wie normale Frauen?

„Keine Ahnung, ich zähle doch die Monate nicht mit?" entfuhr es mir, woraufhin sie leise vor sich her pfiff.

„Monate gleich. Soso. Da stehst Du ja gehörig unter Druck hm?"

„Ich habe halt nicht solch eine ausgeprägte Libido. Zur Not gibt es auch noch Bordelle."

Wieder pfiff sie vielsagend vor sich hin.

„Ich kann mir nicht vorstellen, dass Du ein regelmäßiger Puffgänger bist. Dazu bist Du glaube zu verklemmt."

Wieder reagierte ich aufgebrachter und harscher, als mir lieb war.

„Was hat das denn mit verklemmt zu tun? Ich habe einfach kein solch großes Interesse an solchen Dingen. Das ist auch schon alles. Um die Sexualität wird viel zu viel Wirbel gemacht, meiner Meinung nach. Wer mit wem? Wer hat wie oft? Welche Lieblingsstellungen? Ist doch total banal eigentlich."

„Na nun reg Dich doch nicht gleich wieder künstlich auf. Ich darf doch wohl noch fragen oder? Ich meine von Single zu Single. Das nennt man Erfahrungen austauschen. Außerdem dachte ich, Du wolltest schlafen."

Ich rückte mein Kissen zurecht und strich die Bettdecke glatt.

„Toll. Wenn Du mich mal lassen würdest. Aber Du hast eine nervige Frage nach der anderen in petto."

Ingeborg war einen Moment leise, dann wandte sie sich im Flüsterton zu mir.

„Okay. Ich lass Dich jetzt schlafen. Ehrenwort. Nur eine letzte Frage noch zum Abschluss. Darf ich?"

„Na mach schon" knurrte ich „gibst ja sonst eh keine Ruhe."

„Was machen wir denn, wenn einer von uns beiden im Urlaub jemanden trifft, den man attraktiv findet und wo was laufen könnte...horizontal" fügte sie noch flüsternd hinzu.

Da war ich nun wirklich gezwungen, müde und genervt wie ich gerade war, Antworten zu finden auf solch heikle Probleme.

Ich überlegte kurz und sprach dann leise: „Grundsätzlich habe ich nichts gegen einen Urlaubsflirt. Ich meine, wir sind beide Singles und müssen uns vor niemanden rechtfertigen. Dass wir gemeinsam reisen, macht die Sache in meinen Augen etwas komplizierter. Wir haben einen Ehrenkodex im Verhalten zueinander, vielleicht sollten wir den auch auf unser Verhalten mit anderen Personen erweitern. Ich meine, es könnte doch sein, dass wir gekränkt sind, wenn der andere sich im Urlaub mit einer dritten Person vergnügt. Das ist nicht Sinn des gemeinsamen Reisens. Ich persönlich hätte da eine moralische Barriere."

Ingeborg überlegte einen Moment, flüsterte dann: „Klingt schlüssig. Gut, dann machen wir das so, wie Du gesagt hast. Keiner von uns hat Sex mit einer dritten Person und miteinander schon gar nicht. Gute Nacht."

„Gute Nacht."

Bei mir blieben leise Zweifel, ob in ihren letzten Worten nicht leise Töne der Ironie untermischt waren. Egal, ich hatte ihr Wort – das reichte mir vollkommen.

Der Empfangschef hielt sein Wort. Jeder von uns bekam sein eigenes Deluxe Doppelzimmer inklusive Meerblick zur Alleinbenutzung. Obendrauf gab es noch eine Flasche Champagner und ein Entschuldigungsschreiben vom Hoteldirektor persönlich. Das besserte unsere Laune augenblicklich.

Ein junger Hoteldiener brachte unser Gepäck in unsere Räume und blieb dann in untertäniger Erwartungshaltung mitten im Zimmer stehen. Seinen Blick konnte ich als Service - Angestellter sehr gut deuten. Klar, der wollte einen kleinen Obolus, für seine Hilfstätigkeit.

Sollte er haben. Es war unwahrscheinlich, dass die Hotelangestellten in Ägypten besser entlohnt wurden als in Deutschland. Ich gab ihm ein paar Scheine, wobei ich den Umtauschkurs nicht genau kannte und momentan nicht einschätzen konnte, wie hoch meine kleine Anerkennung war.

Scheinbar hatte ich mich etwas zu weit aus dem Fenster gelehnt, denn der junge Mann bekam sich kaum noch ein vor lauter „Thank you Sir" und Verbeugungen.

Ob ich noch etwas brauche, fragte er sofort in englischer Sprache.

„Nein danke. Ich komme zurecht" gab ich ihm höflich zu verstehen und wandte mich meinem Koffer zu. Eine unmissverständliche Geste, dass die Angelegenheit für mich vorbei war und er nun eigentlich das Zimmer verlassen könne.

Der Page hatte wohl Blut geleckt und ließ sich nicht so einfach abschütteln.

„Möchten Sie wirklich nichts" bohrte er weiter „ich habe viele Freunde und die haben auch viele Freunde. Wir können Ihnen zeigen alle Sehenswürdigkeiten von Ägypten. Nicht mit Reisegesellschaft. Ist langweilig. Lieber zeigen ursprüngliches Land."

„Bitte“ beschwor ich ihn Hände ringend „ich habe die letzte Nacht sehr schlecht geschlafen und würde jetzt gerne meinen Koffer auspacken. Momentan brauche ich nichts weiter als etwas Ruhe. Falls sich das ändert, melde ich mich bei Ihnen.“

„Sie können mich auch besuchen zu Hause. Mama macht für Sie Lammeintopf und Hirse. Soooo gut.“

Er strich sich über den Bauch und machte ein genießerisches Gesicht.

„Wir können einen echten orientalischen Basar besuchen. Keine Touristen - Attraktion. Alles echt. Ursprünglich.“

Mir platzte fast der Kragen. Hätte ich der nervigen, kleinen Kröte kein Trinkgeld gegeben, wäre ich wahrscheinlich besser dran gewesen. Dann hätte er mich beim Rausgehen in seinem Heimatidiom ein wenig verflucht, seinen Kollegen von dem Geiz der deutschen Touristen erzählt und wir hätten für den Rest des Urlaubs unsere Ruhe gehabt.

„Zum letzten Mal. Ich habe alles, mir geht es gut und ich würde jetzt gerne meinen Koffer auspacken“ rief ich mit hoher, zittriger Stimme.

„Gut, gut. Ich komme morgen wieder“ lachte der junge Ägypter und verschwand endlich.

Natürlich kam er am darauffolgenden Tag wieder und den nächsten Tag und auch den übernächsten. Nicht nur einmal, sondern stets ein halbes Dutzend Mal.

Stets gut gelaunt und immer die gleiche fröhliche Frage auf den Lippen: „Sir, brauchen Sie etwas?“

Er bot mir alles an. Frisches Wasser, Obst, Badeschwämme, Geschlechtsverkehr.

Egal, wie grob ich ihn abwies, er behielt sein Lächeln und kam wieder.

Das Hotel an sich bot wenig Anlass zum Lamentieren.

Unsere Zimmer waren stets vorbildlich geputzt, dass Personal höflich und die Büfetts Morgens und am Abend waren reichhaltig und vielfältig.

Nach dem ersten Frühstück im „Oriental Beach" machten wir einen Strandausflug. Der Sand war feinkörnig und das Wasser hatte 22 Grad. Ideale Bedingungen zum Relaxen.

Ingeborg hievte ihre Ausflugtasche in den Sand, stöhnte kurz auf, als sie von der Last befreit war und ließ ihre Augen über den Strandabschnitt kreisen. Ein zufriedenes Lächeln huschte über ihr Gesicht, dann wandte sie sich mir zu.

„Ein paar Worte der Dankbarkeit wären angebracht, mein lieber Reisepartner."

„Was willst Du hören?" knurrte ich.

„Mensch Ingeborg, dass hast Du ja prima eingefädelt. Ein tolles Hotel hast Du da rausgesucht und überhaupt - ein feines Reiseziel hast Du gefunden. Etwas in der Art."

Ich ließ meinen Blick jetzt auch über den traumhaft schönen Strand schweifen und wollte sie gerade bestätigen, stoppte meine Lobeshymne aber noch im letzten Augenblick. Nein, diesen Triumph gönnte ich ihr einfach nicht und außerdem - Eigenlob stinkt.

Stattdessen tat ich etwas missmutig, maulte: „Was schleppst denn da alles mit in Deiner riesigen Badetasche? Gab´s die nicht letztes Jahr mal als Sonderangebot bei Aldi?"

Sie verzog das Gesicht zu einem unfreundlichen Grinsen.

„Jaja, gleich am Nörgeln, wenn mal eine erfolgreiche Idee nicht von dir stammt. Kannst zur Abwechslung auch mal anderen Leuten etwas gönnen."

Klar hatte das Mädchen Recht, aber das musste ich nicht unbedingt zugeben.

„Jepp“ machte ich daher nur kurz „und was hast Du jetzt alles in Deiner Tasche.“

Ingeborg merkte gleich, dass ich dieses Mal nicht anbiss und keine Lust auf endlose Diskussionen verspürte.

„Na was wohl? Den üblichen Kram halt. Ein Handtuch, eine zusammengefaltete Luftmatratze, die du nachher aufblasen darfst, Sonnenschutz etc.“

„Etc.? Was genau ist das? All die von dir aufgezählten Artikel sind doch nicht so schwer, dass du so viel Mühe beim Tragen hast. Also sag schon, was hast Du noch dabei?“

Ingeborgs Augen blitzten schon wieder verdächtig. Lange konnte es nicht mehr dauernd bis zum nächsten Wutausbruch.

„Und du sagst, ich sei eine Nervensäge. Also, damit deine Neugierde befriedigt ist, hier, die habe ich noch dabei.“

Mit diesen Worten griff die Hildesheimerin in ihren Beutel und zog eine 5 Liter Flasche Mineralwasser heraus.

„Die habe ich heute Morgen im Brunnen vom Innenhof unseres Hotels abgefüllt, damit wir am Strand etwas zu trinken haben und nicht extra noch einmal in eines der überteuerten Touristen- Boutiquen einzukaufen brauchen.“

Ah ja, der Brunnen vor der Eingangshalle vom „Oriental Beach“. Der war mir auch schon aufgefallen, genau wie das daran befindliche Schild mit der Aufschrift: „Kein Trinkwasser.“

Mit dieser Beobachtung konfrontierte ich meine Begleiterin vorsichtig, aber sie ließ sich nicht beirren.

„Ach du glaubst auch alle Ammenmärchen. Kommst doch selbst aus der Gastronomie und müsstest wissen wie so etwas läuft. Das schreiben die doch nur an den Brunnen, damit nicht alle Touristen, so wie ich, dass Wasser daraus pumpen und stattdessen in der teuren Shopping Zeile des Hotels einkaufen. Da steckt doch System dahinter."

Ich zuckte mit den Schultern. Unbelehrbar die Frau. Ich hatte aber auch keine Lust mir wegen einer solchen Lappalie den Strandausflug vermiesen zu lassen.

„Wie du meinst" resignierte ich trocken „sag aber hinterher nicht, ich hätte dich nicht gewarnt und nein danke, ich trinke auf gar keinen Fall etwas von deinem Brunnenwasser. Im Übrigen habe ich heute Morgen in unserem völlig überteuerten Hotelshop eine wunderbare Flasche Mineralwasser erstanden. 1,5 Liter. Ist irgendwie auch handlicher."

„Tzzzz" zischte Ingeborg beleidigt und breitete ihr Handtuch aus.

Um mir zu beweisen, wie unbedenklich ihr frisch gezapftes Brunnenwasser sei, trank sie demonstrativ immer wieder große Schlucke aus ihrer XXL - Flasche, wenn ich zufällig in ihre Richtung schaute. Es sah reichlich akrobatisch und zirkusreif aus, was sie mit dem Riesenkelch beim Trinken anstellte aber sei´s drum.

Wie meine kleine, kontaminierte Reisebegleiterin jetzt so da lag auf ihrem Riesenhandtuch mit dem Delphinmuster, fiel es mir schwer den Blick von ihr abzuwenden.

Ein Glück nur, dass sie ein kleines Nickerchen machte und mein Gestarre nicht mit bekam.

Ingeborg trug ein rotes Bikinioberteil mit farblich passenden, knapp sitzenden Höschen.

Das Teil war auch neu, denn am Strand von Maspalomas und der Playa de Ingles war sie wesentlich unspektakulärer gewandet gewesen. Irgendeinen Einteiler hatte sie da getragen, langweiliges Grau und als Zugabe ein Fischgrätenmuster.

War sie auf den Kanaren nicht auch fülliger gewesen oder hatte die unvorteilhafte Kleidung diesen Eindruck verstärkt?

Wie konnte ich nur so blind gewesen sein für das Offensichtliche.

Die Kindergärtnerin war ein ziemlich heißer Feger, dass musste an dieser Stelle einmal erwähnt werden. Tolle Figur, lange Beine und ein sympathisches Gesicht. Wenn die ägyptische Sonne sie erst einmal nahtlos braun gebrutzelt hatte und das Mädchen dank eines uralten Fluches die Sprache verloren hatte, wäre sie eine mehr als ordentliche Partie.

Oberweite? Ich wagte noch einen zaghaften Blick auf die Wölbungen unter dem Bikini Oberteil.

Hm, eine Handvoll, grob geschätzt. Nicht zu viel aber auch nicht zu wenig. Außerdem hatte ich mir dahingehend noch keine speziellen Vorlieben zugelegt, wie die meisten meiner Bekannten. Mein Motto war: „Solange sie nicht nach innen gehen."

Hatte ich mir eigentlich schon einmal vorgestellt wie es wohl wäre mit ihr…

Stopp! Ich würgte den Gedanken so schnell herunter, wie er gekommen war.

´Denk an den Ehrenkodex´ rief mich die innere Stimme meiner Vernunft zur Räson. ´Nie und nimmer wirst du bei dieser Dame landen. Außerdem hatte sie es ja selbst schon bestätigt, nämlich erst am Abend zuvor. Ich bin nicht ihr Typ. ´

Auf welche Art Mann sie wohl abfuhr? Scheinbar war solch eine Art Mann weder in Hildesheim noch in näherer Umgebung zu finden. Anders ließ es sich nicht erklären, warum diese Dame noch Single war.

Gut, sie hatte den einen oder anderen Defekt, war aber alles in allen keine schlechte Partie. Waren die anderen Typen einfach nur blind oder Ingeborg zu wählerisch? Hütete sie vielleicht irgendein finsteres Geheimnis, dass ihr Single Dasein erklärte? Stichwort: Geschlechtsumwandlung, früher hieß ich Torsten und war Landschaftsmaler, Stichwort: Ehemalige Anstaltsinsassin in der ´Klaus Kinski Gedächtniszelle´, nur mit schwerer Psychopharmaka im Gleichgewicht haltbar, Stichwort: als ´die Bestie mit der Wisch Mob Frisur´ gesuchte Schwerverbrecherin. Steckbriefe auf drei Kontinenten.

Jäh unterbrach Ingeborgs Stimme meine Phantastereien.

„Du Reisepartner, wenn du mir genug auf die Titten geglotzt hast, könntest du mir vielleicht kurz den Rücken einreiben."

Sagte es und drehte sich leise gähnend auf den Bauch.

Das Unglück nahm seinen vorhergesagten Verlauf.

Erst war es nur ein leichtes Frösteln, dann ein unwohles Gefühl in der Magengegend und als wir beim Abendessen im Speisesaal unseres Hotels saßen, kam es ganz Dicke.

„Du, ich glaube, ich bringe nichts mehr runter" murmelte meine Begleiterin und ließ ihr Besteck auf den Teller fallen.

„Was ist denn los?" fragte ich besorgt, doch eigentlich kannte ich die Antwort nur zu gut.

Ingeborg scheinbar nicht oder sie wollte sich ihren Fehler nicht eingestehen.

„Hätte ich bloß nicht das Stück Ananas von dem Verkäufer am Strand gegessen" brachte sie schwer atmend heraus „kannst du vielleicht einen Pfefferminztee organisieren oder fragen, ob die eine klare Gemüsebrühe haben."

´Armes Mädchen´ dachte ich ´die Ananas war es ganz bestimmt nicht, die dir auf den Magen geschlagen ist. Du hättest lieber auf mich hören sollen und die Finger von dem Brunnenwasser lassen sollen. Jetzt hast du den Salat.´

Ich konnte nur hoffen, dass es nicht so schlimm wurde. Viel Erfahrungen hatte ich nicht, mit Krankheiten dieser Art. Im Gegensatz zu meiner Begleiterin hatte ich auf all meinen Reisen stets sämtliche Vorsichtsmaßnahmen strengstens beachtet.

Das Gewünschte war fix besorgt aber eine offensichtliche Besserung trat nicht ein. Im Gegenteil, es wurde schlimmer.

Ingeborg fror jetzt trotz der angenehmen Temperaturen wie ein Eskimo ohne Iglu, begann zu husten und klagte über heftige Magenkrämpfe. Als Nächstes kam das Fieber hinzu, Schweißausbrüche, wieder Schüttelfrost.

Ich brachte die Hildesheimerin auf ihr Zimmer, wo sie in ihr Bett fiel und sich mit allen Decken, die sie fand, zudeckte.

Sie schniefte und schnäuzte.

„Arzt" brachte sie heiser heraus.

„Du möchtest, dass ich einen Doktor rufe? Meinst du nicht, dass sich das von alleine gibt? Wahrscheinlich ist morgen früh alles wieder in Ordnung."

„Arzt" stammelte sie noch einmal.

War vielleicht auch besser so. Das Mädchen sah wirklich furchtbar aus.

„Okay. Ich schaue mal, ob ich einen Doktor auftreiben kann. Wird vielleicht eine Weile dauern, weil es bereits sehr spät ist. Bleib hier ganz ruhig liegen, beweg dich nicht. Es wird alles gut."

So wie Miss Lockenwickler aussah war ich mir da nicht so sicher.

So schnell mich meine Mephisto – Schuhe trugen, lief ich hinunter zur Rezeption und schilderte den Nachtportier meine Lage. Der

Angestellte hatte scheinbar eine gewisse Routine in solchen Fällen. ´Touristen und ihre kleinen, empfindlichen Mägen´ mochte er spöttisch gedacht haben. Morgen würden er und seine Kollegen wieder ordentlich was zu feixen haben.

In diesem Moment machte er jedoch ein ernstes, verständnisvolles Gesicht und ließ mich nach einem kurzen Telefonat wissen, dass ein gut ausgebildeter Doktor in absehbarer Zeit eintreffen würde.

Dieser würde sich dann augenblicklich ins Zimmer meiner Freundin begeben und sich um sie kümmern.

Also begab ich mich wieder zu Ingeborg ans Krankenbett, um mit ihr gemeinsam auf den Arzt zu warten.

Die Minuten zu meiner, unserer Erlösung, verstrichen quälend langsam.

Ich hatte weiß Gott kaum Erfahrungen als Krankenpfleger. Die Frauen in meinen Beziehungen hatten sich regelmäßig einer stabilen Gesundheit erfreut. Von mir hatte man auch nie mehr erwartet, als ein paar Medikamente aus der Apotheke zu holen, Tee zu kochen und eine besorgte Miene zu machen.

Nun saß ich an Ingeborgs Krankenbett, murmelte „wird schon werden. Morgen Mittag liegen wir schon wieder am Sandstrand und lassen uns die Sonne auf die Haut scheinen."

Ich griff nach dem feuchten Lappen auf ihrer Kommode und strich ihr unbeholfen über die Stirn. Dass ich dabei auch ihre Wimperntusche verschmierte und dunkle Streifen auf ihrem Gesicht hinterließ, versteht sich von selbst.

Wo blieb nur der verdammte Doktor? Diese verdammten, mediterranen Urlaubsländer. Hier nahmen sich die Leute immer so verdammt viel Zeit für alles. Worte wie „schnell", „rasch" oder „Notfall" schien es für Ägypter nicht zu geben.

Selbst wenn das eigene Haus in Flammen stand, gingen die Einheimischen vermutlich erst einmal ein paar Datteln pflügen, bevor sie sich ans Löschen machten.

„Durst" röchelte Ingeborg und dünne Schleimfäden flossen aus ihren Mundwinkeln.

Oh Gott, war das eklig. Hatte ich diese Dame tatsächlich noch vor ein paar Stunden angehimmelt?

Linda Blair hatte in „Der Exorzist" genauso ausgesehen wie Ingeborg jetzt.

„Ja sofort" seufzte ich und führte ihr die Mineralwasserflasche an die Lippen.

Sie schluckte schwer, röchelte, trank und hustete schwer. Ich bekam einen Schwall Wasser ins Gesicht und trocknete mich in Sekundenschnelle mit einem umherliegenden Handtuch ab.

„Ist nicht ansteckend. Ananas gegessen" ließ mich Ingeborg wissen.

´Sicher ist sicher´ dachte ich.

Wo blieb nur der Doktor? Jetzt warteten wir schon länger als 30 Minuten?

„Ich schau noch mal schnell, wo der Arzt bleibt" rief ich und wollte aufstehen, aber das Mädchen ergriff ganz schnell meine linke Hand und hustete.

„Lass mich bitte nicht alleine."

Das wurde immer schlimmer. Warum nur hatte sie von dem verdammten Brunnenwasser getrunken?

Wir vernahmen schwere Schritte im Flur unserer Etage.

Ich hatte die Tür ihres Hotelzimmers extra nur angelehnt, dass der Mediziner ohne Umschweife eintreten konnte.

„Ich glaube, der Doktor kommt“ frohlockte ich und tätschelte Ingeborgs Wangen.

Das musste aber ein verdammt energischer Doktor sein, denn die Geräusche im Flur waren ziemlich laut.

„Hallo, habt ihr denn noch etwas zu trinken für mich?“ rief die stämmige, wohlbeleibte Figur, die soeben Ingeborgs Hotelzimmer betrat.

Dem Aussehen und Akzent nach zu urteilen tippte ich auf russische Staatsangehörigkeit.

Verwaschene Cordhosen, Pullunder und ein ausgeprägter Schnauzbart unter der geröteten Nase - so stand unser Eindringling im Zimmer und hatte Mühe das Gleichgewicht zu halten.

War es Unschuld oder Fieber, die meine Reisepartnerinnen fragen ließ: „Entschuldigung bitte, sind Sie der Arzt? Ich habe eine Ananas am Strand gegessen und jetzt geht es mir sehr schlecht.“

„Nein, nein, nein“ rief ich in den Raum „Ingeborg, du hast keine Ananas gegessen, sondern bakteriell verseuchtes Brunnenwasser getrunken. Und das dort ist kein Arzt sondern…“

Ich deutete auf den Säufer und suchte nach einem freundlichen Wort, das den Herrn beschrieb, ohne dessen Gefühle zu verletzen.

Der Russe hielt sich am Türrahmen fest, taumelte hin und her und brummte:

„ Wer braucht hier einen Arzt? Du Junge?“

Er starrte mich mit glasigen Augen an.

„Ich bin ein Doktor, wenn du es wünscht, ein Doktor. Ein König der Mediziner. Jetzt mach dich doch mal frei, damit ich dich untersuchen kann.“

Er versuchte sich mir mit tapsigen Schritten zu nähern, was allerdings an seinem Zustand scheiterte.

„Er ist doch nicht krank. Ich bin krank“ wisperte das Mädchen auf dem Bett.

Ehe die Situation noch eskalierte, traf tatsächlich der „richtige“ Arzt ein, der sich als äußerst kompetent herausstellte. Mit nur wenigen Untersuchungen gelang es ihm eine Diagnose zu stellen.

Leichte Magenvergiftung, mit ein paar guten Medikamenten innerhalb von 24 Stunden heilbar.

„Vielleicht sollten wir die Hotelleitung bitten, ein etwas größeres Schild anzubringen, dass vom Trinken des Brunnenwassers dringend abzuraten sei, damit es nicht noch mehr dieser Krankheitsfälle gibt.“

Der Doktor schaute mich unverständlich mit zusammengekniffenen Augenbrauen an, murmelte dann:

„Ich fürchte, ich verstehe nicht was Sie meinen. Die junge Dame hier hat wahrscheinlich Obst von einem der Strandverkäufer gegessen. Von einem Verzehr der Früchte ist in jedem Fall dringend abzuraten. Zu große Infektionsgefahr.“

Den Russen trafen wir am nächsten Morgen beim Frühstücks Büfett wieder. Er entschuldigte sich bei uns reumütig für seinen Auftritt am Vorabend, bot als Gegenleistung Geld und Kaviar, einen Ausflug mit seinem neuen Geländewagen und vieles mehr.

Wir lehnten all diese Angebote höflich ab und freuten uns stattdessen einfach nur über Ingeborgs neu gewonnener Gesundheit.

Um die Reisepartnerin zu schonen verzichteten wir für den Tag darauf auf jegliche kraftraubende Aktivitäten. Ruhe und Erholung war angesagt.

Da die größte Energieleistung im Urlaub darin bestand, aufdringliche Verkäufer am Strand zu verscheuchen, machten wir es uns am Swimming Pool bequem.

Wenn der kleine Hunger kam hatten wir es von hier aus nicht weit zu unserem Mittagsbüfett. Den Durst stillten wir an der Poolbar, wo ein netter ägyptischer Kellner leckere Drinks servierte.

So ließ es sich aushalten. Einfach herrlich, den Tag in der Sonne zu verbringen. Das kühle Nass, in Form eines sauberen Pools, mit einem kunstvoll angelegten Garten drum herum, in greifbarer Nähe, veredelten den Genuss.

„Na meine Liebe, geht es Dir auch wirklich wieder besser?“ fragte ich schelmisch grinsend zum x- ten Mal.

„Oh ja, mein Lieber, das tut es. Für eine große, üppige Mahlzeit reicht es noch nicht, aber über einen Teller mit Früchten würde ich mich sehr freuen.“

So lief das bei uns. Man könnte meinen, wir wären ein altes Ehepaar, das schon unzählige Jahre miteinander verbracht hatte. Unser Umgang miteinander war sehr vertraut und trotzdem immer wieder erfrischend neu.

Ich lief los und kam mit einer Schüssel voller geschnittener Früchte zurück.

Pedantisch hatte ich darüber gewacht, dass der das Obst zubereitende Koch Handschuhe trug und die Früchte sorgfältig über fließendes Wasser abwusch. Seine rollenden Augen und das leise Seufzen waren mir dabei einerlei.

„Wie schön, einen privaten Diener zu haben“ lachte Ingeborg, als sie in eine köstliche Mango biss.

„Bild dir bloß nicht ein, das bleibt auch so, wenn du wieder vollständig genesen bist“ knurrte ich.

„Na dann will ich mal zusehen, dass ich nicht so schnell wieder auf die Beine komme“ gab das Mädchen zurück.

Darauf antwortete ich nicht, sondern rückte mir meine Liege zurecht und griff nach meinem Buch.

„Kaltblütig", der Klassiker von Truman Capote. Nicht unbedingt die ideale Lektüre für einen Urlaub unter Palmen aber was soll´s? Manchmal musste man auch unkonventionelle Dinge tun.

Kaum war ich in dem großartig geschriebenen Roman versunken, hörte ich in unmittelbarer Nähe eine männliche Stimme, mit starkem Akzent sprechen.

„Soll ich sie vielleicht eincremen? Sie sind solch eine schöne Frau und die Sonne brennt heute stark. Es ist besser, wenn sie sich cremen ein."

Ich schaute über den Rand meines Buches hoch und gewahrte einen etwa 30 Jahre alten Hotelmitarbeiter, der vor Ingeborgs Sonnenliege stand und meine Begleiterin angrinste. Keine Ahnung, wo der plötzlich hergekommen war. Ich wusste auch nicht, welche Arbeit er hier verrichtete.

Die Kellner trugen alle beige Uniformen mit Fliege und die Pool Boys waren mit kurzen schwarzen Hosen und roten T - Shirt bekleidet.

Der junge Nordafrikaner vor uns trug eine helle Jeanshose und ein weißes Seidenhemd. Sein dunkles Haar trug er schulterlang und in beiden Ohrläppchen steckten silberfarbene Kreolen.

Seine enganliegenden Klamotten ließen einen beeindruckenden Body erahnen. Wahrscheinlich verbrachte er viel Zeit damit, seinen Körper geschmeidig zu halten.

Ingeborg schien recht angetan zu sein, von dem Kerl, denn statt den aufdringlichen Affen weiter zu schicken, lächelte sie ihn an und flötete:

„Schau mal einer an, wen haben wir denn da? Einen richtigen Gentleman. Wie ist dein Name?"

Der Schönling grinste jetzt noch breiterer als zuvor, denn sein Plan schien aufzugehen.

„Ich heiße Imir Mabullah. Ich arbeite im ´Oriental Beach´ als Animateur für Kinder. Heute ist mein freier Tag. Gerade wollte ich gehen an das Strand, dann ich habe gesehen dich. Schönste Frau von Hotel."

Ingeborg lachte laut.

„Du bist mir ein schöner Charmeur. Wo hast du gelernt, so gut unsere Sprache zu sprechen? In der Schule?"

Da sich das Gespräch für Imir in die richtige Richtung entwickelte, machte er es sich jetzt bequem. Ohne unser Einverständnis einzuholen, zog er sich einen kleinen Hocker heran und setzte sich neben meine Begleiterin.

„Habe ich fünf Jahre gelebt in Frankfurt" sprach er und fixierte Ingeborg mit seinen gierigen Augen, was sie entweder nicht bemerkte oder sie nicht störte.

„Habe gearbeitet dort in einem großen Hotel. Erst in Spülküche, dann ich durfte machen den Service."

Ingeborg musterte den jungen Mann aufmerksam und meinte fröhlich: „Da hast du dann sicherlich vielen deutschen Frauen den Kopf verdreht, hm?"

Imir grinste nur und blinzelte dem Mädchen auf der Liege zu.

„Kann sein. Ich nur machen meine Arbeit aber manchmal Frauen kommen, fragen nach meine Heimat, meinem Leben. Ist unhöflich, nicht antworten."

„Du sagst, du bist Animateur am Pool für die Kinder?" hakte Ingeborg noch einmal nach.

Unser Besucher grinste hastig.

„Oh ja. Willst du sehen einen Trick?"

Und ob die Hildesheimerin wollte. Schon vollführte der Blödmann irgendwelchen Quatsch mit seinem Taschentuch und einem Plüschhasen, den er aus seiner Hose gezaubert hatte.

Mich nervte der Typ einfach nur. Mich nervte, dass Ingeborg sich so einfach beeindrucken ließ und auch, dass keiner von den beiden auch nur den geringsten Versuch unternahm, mich in das Gespräch mit einzubeziehen. Für die Zwei war ich scheinbar Luft.

Gestern Abend hatte ich mich noch rührend um die kranke Dame gekümmert und jetzt war das alles schon wieder vergessen. Undank ist der Welten Lohn. Wie wahr.

Schon hörte ich den Blödmann wieder säuseln: „Du hast so schöne Augen."

Ingeborg lächelte zurück: „Vielen Dank. Du weißt wirklich, wie man einer Frau Komplimente macht."

Mich überkam fast der Würgreiz, bei dem Süßholzgeraspel. Musste auch einer seiner Zaubertricks sein, die Augenschönheit von Touristinnen zu erkennen, die wie Ingeborg gerade, dunkle Sonnenbrillen trugen.

Endlich trollte er sich. Zuvor hatte das Mädchen ihm noch erlaubt sie einzucremen, natürlich nur wegen der gefährlichen Sonneneinstrahlung.

´ Ob er sie wiedersehen dürfte´ hatte der Scharmbolzen seufzend gefragt und das Mädchen hatte nur vielsagend gelächelt. Keine Ahnung, was das bedeuten sollte.

„Sag bloß, auf diesen Schaumschläger fällst du herein?" fragte ich kühl, als der Animateur weiter gewackelt war.

Ingeborg rekelte sich auf der Sonnenliege und frohlockte:

„Nun sei doch nicht gleich eifersüchtig auf unseren kleinen Flirt. Der Imir wollte doch einfach nur nett sein."

Ich nickte und sprach sarkastisch: „Schon klar und die Erde ist eine Scheibe. Träum weiter."

Ingeborg nippte an ihrem alkoholfreien Cocktail und fuhr genießerisch mit der Zunge über ihre Lippen.

„Ach nun gönne mir doch einfach mal diesen kleinen Triumph. Was ist denn schon dabei? Und überhaupt, was glaubst du, wie viele freundliche Worte die Männer in Deutschland für mich über haben? In der Heimat habe ich nur die Wahl zwischen den Verklemmten und den Doofen. Da gibt es nur zwei Arten von Anmachen. Entschuldigung, kenne ich sie nicht von irgendwo oder Ficken oder was? Darauf kann ich echt verzichten."

„Dann lässt du dich lieber von einem exotischen Gigolo verarschen" bemerkte ich schnippisch.

„Du hast echt null Ahnung von Frauen" seufzte meine Begleiterin „das ist doch alles nur ein Spiel. Dabei wird niemand verletzt und jeder fühlt sich gut dabei. Aber wie soll ich dir das begreiflich machen? Das ist hoffnungslos."

Gut, da hätten wir das also auch schon wieder geklärt. Eine weitere Diskussion war von meiner Seite nicht erwünscht. Also vertiefte ich mich wieder in meine Lektüre.

Am Abend verabschiedete ich mich schon früh von meiner Reisebegleiterin, um ihr noch ein wenig Erholung zu gönnen.

Wir verabredeten uns für den nächsten Morgen zum gemeinsamen Frühstück. Eigentlich hätten wir uns diese Verabredung schenken können, denn das gemeinsame frühstücken hatte bei uns inzwischen Tradition.

In der Regel erschien ich gegen 8. 30 Uhr als Erster im Frühstückssaal und meine kleine Langschläferin gesellte sich eine Viertel - oder halbe Stunde später dazu. Im Normalfall war Miss Hildesheim stets etwas einsilbig und „maulfaul". Typisch Morgenmuffel halt. Erst gegen Mittag wurde sie lebendiger.

An diesem Morgen war ich sogar überpünktlich. 8.20 Uhr zeigte meine Armbanduhr.

Unser Hotel verfügte glücklicherweise über einen Außenbereich, so dass man auf der Terrasse das Frühstück einnehmen konnte.

Ich gönnte mir eine große Portion Rührei mit Speck und goldbraunen Toast. Unser Kellner goss mir frischen, duftenden Kaffee ein und ich erwartete Ingeborg jeden Augenblick.

Sie tauchte weder 8.45 Uhr, noch 9.00 Uhr auf. Später war sie noch nie erschienen.

Allmählich wurde ich unruhig. Ob sie wieder einen gesundheitlichen Rückfall erlitten hatte? Vielleicht hatten die Tabletten unseres Arztes Nebenwirkungen, die sich erst jetzt herauskristallisierten. Hoffentlich ging es ihr gut. Ob ich einfach mal nachschaute.

Es war bereits 9. 15 Uhr und ich kam mir mittlerweile ziemlich bescheuert vor, wie ich so alleine am Tisch saß. Für gewöhnlich maß ich dem Frühstück keine allzu große Bedeutung bei, deshalb waren die 45 Minuten, die ich gerade mit dieser Mahlzeit zugebracht hatte eindeutig zu viel des Guten.

Gerade wollte ich mich erheben und nachsehen, ob meiner Bekannten nicht doch etwas zugestoßen war, da kam sie geradewegs auf mich zu geschlendert. Sie befand sich auf Höhe der kleinen Gartenanlage mit den Palmen und trug ein weißes Kleid. Das Haar trug sie offen.

Ingeborg war nicht allein. Ihre Begleitung entlockte mir ein heiseres Knurren.

Es war der Animateur vom Vortag. Er hatte seine Hand um ihre Taille gelegt und beide lachten und glucksten fröhlich. Als sich der Weg gabelte verabschiedeten sich die zwei mit einem kurzen Kuss.

Ich traute meinen Augen nicht. Konnte das tatsächlich wahr sein?

Allmählich dämmerte es mir. Ich begriff die ganze Tragweite des Geschehens. Ingeborg und dieser verdammte Gigolo hatten doch tatsächlich...

Ich konnte den Gedanken nicht zu Ende bringen. Das war Hochverrat.

„Hi du, einen schönen guten Morgen“ begrüßte sie mich fröhlich, so als wäre nichts passiert.

Meine Miene war inzwischen zu Eis gefroren. Wütend verschränkte ich die Arme auf meiner Brust und ich sah sie mit durchbohrendem Blick in die Augen, als ich sprach:

„Du hast unsere Abmachung gebrochen. Das also ist dein Wort wert.“

Ingeborg schien tatsächlich nicht zu verstehen, was eigentlich los war. Sie verfügte wirklich über ein beneidenswert sonniges Gemüt.

„Ich verstehe nicht...“

„Unser Ehrenkodex“ unterbrach ich sie wütend „ hast du den schon vergessen? Das ist doch gerade ein paar Tage her, da haben wir den noch erneuert. Kein Sex mit Anderen während unserer gemeinsamen Urlaubszeit.“

Ingeborg hatte inzwischen ihr Lächeln verloren. Sie hatte auf dem Stuhl neben mir Platz genommen und starrte wortlos auf ihre leere Kaffeetasse. Vielleicht dämmerte ihr inzwischen, dass sie irgendetwas falsch gemacht hatte.

„Ja aber“ stammelte sie „woher willst du denn wissen, dass wir Sex...Ja gut, okey, hatten wir. Ich habe da irgendwie die Kontrolle verloren. Wir waren gestern Abend noch etwas trinken und Imir ist wirklich ein charmanter Typ. Ach Scheiße, es ist nun mal passiert. Ich meine, eigentlich bin ich dir da auch keine Rechenschaft schuldig. Wir sind schließlich kein Paar oder so.“

Ich unterbrach sie abermals heftig.

„Auf diese Tour brauchst du mir gleich gar nicht kommen. Ich weiß, dass wir nicht zusammen sind. Das ist auch nicht der Punkt. Der Punkt ist, dass du dich nicht an unsere Abmachung gehalten hast. In Hildesheim kannst du so viel rumvögeln wie du willst. Das interessiert mich nicht die Bohne aber hier ist das wie ein Schlag ins Gesicht. Warum bist du denn nicht alleine gereist? Du hast doch auch so gute Gesellschaft."

Ich war das erste Mal wirklich wütend auf Ingeborg.

Ich erhob mich, warf die Papierserviette auf den Stuhl und entfernte mich mit schnellen Schritten aus dem Restaurantbereich.

Für diesen Tag mietete ich mir ein Auto und fuhr alleine an den Strand. Am Abend aß ich auswärts.

Ich hatte keine Lust auf Ingeborgs Gesellschaft. Ihr Fehltritt hatte mich tief verletzt. Als ich so alleine am Strand saß überlegte ich, was genau mich gerade verärgert hatte. War es tatsächlich der Ehrenkodex oder gab es andere Beweggründe, die ich mir bisher noch nicht eingestanden hatte?

War ich einfach nur eifersüchtig auf diesen Animateur? Das der etwas bekommen hatte, was ich tief im Inneren selbst begehrte? Konnte dies sein? Durfte das sein? Hegte ich tatsächlich stärkere Gefühle für meine Begleiterin als mir bewusst war? Gott bewahre, wo war ich da bloß wieder reingeschlittert? Ich wollte doch nur eine Reisebegleiterin und jetzt begann meine schöne, wohl geordnete Welt zu zerfallen.

Als ich wieder zurück kam in unser Hotel hing ein Zettel an meiner Zimmertür.

´Es tut mir sehr leid, wenn ich dich verletzt habe. Deine Ingeborg´

Als ich tags darauf den Frühstücksbereich betrat, glaubte ich meinen Augen nicht recht trauen zu können. 8.30 Uhr morgens und

Ingeborg saß bereits putzmunter an einen der Tische auf der Terrasse.

Wahrscheinlich war dies das größte Opfer, das sie bringen konnte.

Es kostete mich erhebliche Mühe sie nicht weiter zu beachten. Ich ging durch die Hotellobby auf den Parkplatz, stieg in mein Leihauto und fuhr davon.

Auch die folgenden zwei Tage strafte ich Ingeborg mit Nichtbeachtung.

Am Morgen vor unserem letzten Tag in Ägypten gelang es ihr doch noch mich zu stellen.

Allzu clever brauchte sie sich dabei nicht anzustellen. Das Mädchen wartete einfach vor meiner Zimmertür, bis ich mich blicken ließ.

Mein Plan, mich über den Hinterausgang unseres Wohnkomplexes hinauszustehlen, war somit dahin.

„Findest du dein Verhalten nicht reichlich albern?" stellte mich die Hildesheimerin gleich mal zur Rede. Dabei hatte sie ihre Hände über der Brust verschränkt, in typischer Angriffspose.

War ich zunächst noch irritiert von ihrem plötzlichen Auftauchen, fand ich doch schnell meine Fassung wieder.

„Nein, überhaupt nicht. Ich weiß nicht ob du das noch nicht verstanden hast, aber ich möchte mit dir nichts mehr weiter zu tun haben. Morgen fliegen wir noch einmal gemeinsam zurück nach Deutschland, dass lässt sich nicht vermeiden und dann trennen sich unsere Wege endgültig."

Ingeborg sah mich mit ihren funkelnden Augen herausfordernd an.

„Und das alles wegen deines verletzten Egos? Weil ich mich mit einem anderen Typen amüsiert habe ist dein verdammter Machostolz gleich bis ans Ende aller Tage angeknackst?"

Wahrscheinlich hatte sie meine Gefühlslage gut auf den Punkt gebracht, aber das konnte ich unmöglich zugeben.

„So wie wir hier debattieren könnte man meinen, wir wären ein Paar, aber das sind wir nicht. Darum ist deine Theorie von meinem verletzten Ego auch ziemlich überflüssig. Mir geht es einzig und alleine darum, dass du dich nicht an die Spielregeln gehalten hast. Über die Fettnäpfchen, in die ich deinetwegen ständig trete, kann ich hinwegsehen, aber die Geschichte mit deinem Lover ging einfach zu weit."

Ingeborgs Blick verfinsterte sich noch mehr. Jetzt stemmte sie gar die Fäuste in die Seiten.

„In welche Fettnäpfchen bist du denn meinetwegen getreten? Das du es wagst, mir das jetzt vorzuhalten. Du armseliges Würstchen. Sei froh, dass du durch mich wenigstens ein paar Abenteuer erlebst. In deinem langweiligen Spießer Leben passiert doch sonst nichts Aufregendes. Du Kontrollfreak. Für die andere Sache habe ich mich doch schon zur Genüge entschuldigt. Irgendwann ist auch mal wieder Schluss."

An Ingeborgs aufbrausendes Temperament hatte ich mich schon gewöhnt. Damit konnte sie mich nicht mehr schocken. Dass sie jetzt versuchte, den Spieß einfach umzudrehen konnte ich ihr nicht durchgehen lassen.

„Na dann vielen Dank, dass du mich an deinen Allüren teilnehmen lässt, damit ich auch mal etwas Interessantes erlebe" blaffte ich zurück „du bist doch einfach nur eine unreife Lebedame. Kennst keine Regeln und keinen Anstand. So etwas nennst du dann Abenteuer. Lächerlich."

So stritten wir noch ein wenig auf dem Hotelflur umher, bis ein Hotelangestellter um die Ecke kam und uns in holprigen Englisch aufforderte unsere Diskussionen doch bitte etwas leiser oder am besten außerhalb des Hotels weiter zu führen.

Also schlichen wir wie zwei verprügelte Hunde hinaus in den Hotelgarten und setzten uns nebeneinander auf eine Bank.

Ungefähr eine halbe Stunde lang sprach keiner von uns ein Wort. Es ist nie leicht die richtigen Worte zu finden, nachdem man sich gerade heftig verbal duelliert hatte.

Es war Ingeborg, die als Erste ihre Sprache wieder fand.

„Nun denn, Ex - Reispartner, gehen wir heute schon getrennter Wege oder lassen wir unsere Kooperation mit einem letzten gemeinsamen Trip ausklingen?"

Ich sah sie verstohlen an. Worauf wollte sie hinaus? Was sollte das Ganze?

Unsicher zuckte ich mit den Schultern.

„Keine Ahnung. Sag du es mir. Eigentlich habe ich nach dem ganzen Theater keine allzu große Lust mehr auf gemeinsame Ausflüge."

Das Mädchen schnitt eine Grimasse in meine Richtung und knuffte mich in die Seite.

„Alte beleidigte Leberwurst. Jetzt mach mal hier nicht auf Mimose. Nun hörst du erst einmal auf so finster drein zu blicken und dann machen wir eine kleine Spritztour mit deinem Leihwagen. Ich wollte schon immer mal mit einem Mercedes fahren."

Ich zuckte zusammen. Woher wusste das Mädchen, dass ich mir einen Mercedes ausgeliehen hatte? Wahrscheinlich hatte sie mich heimlich gestalkt.

„Entschuldigung" beeilte ich mich rasch zu erklären „der Wagen ist nur auf mich zugelassen. Als alleiniger Fahrer. Wenn du damit einen Unfall baust sitze ich richtig in der Tinte. Also vergiss das bitte ganz schnell mit dem Fahren. Und überhaupt - wo willst du überhaupt hin?"

Grinsend zog Ingeborg zwei Tickets aus ihrer Hosentasche. „Africa Safari Park" stand darauf und ein riesiger Tiger mit fletschenden Zähnen war zu sehen.

„Ist das dein Ernst?" fragte ich ungläubig.

„Na sicher doch. Denkst du ich habe die Karten nur zum Spaß gekauft? Also, wie sieht´s aus? Können wir dann los oder musst du noch mal aufs Zimmer?"

Da hatte mich Miss Hildesheim einmal mehr völlig überrumpelt.

Schon saßen wir in meinem Leihwagen und fuhren auf dem Alexandria Highway nach Kairo.

Ingeborg konnte sich gar nicht satten sehen an meinem Luxusgefährt. Die dreitägige Ausleihe der S - Klasse Limousine hatte mich ein schönes Sümmchen gekostet, aber wann bekam ich schon einmal die Gelegenheit mit solch einem Wagen zu fahren?

Unentwegt streichelte meine Begleiterin das beigefarbene Leder, tastete über die Armaturen und erfreute sich am Panoramadach.

„Grandios" flüsterte sie „bist du sicher, dass du mich nicht doch mal fahren lassen möchtest?"

„Ganz sicher" antwortete ich.

Natürlich ging das Gedrängel und Betteln weiter. Die volle Distanz, bis wir unser Ziel erreicht hatten.

Ebenso klar war es, dass ich irgendwann einknicken würde. Also machten wir einen Kompromiss.

Auf dem Highway würde ich das Mädchen unter keinen Umständen fahren lassen, wohl aber im Safari Park selbst. Dort durfte ausschließlich in Schrittgeschwindigkeit gefahren werden. Das erschien mir die ungefährlichere Alternative.

Ich rollte genervt mit den Augen, als ich Ingeborgs Fahrkünsten ausgesetzt war.

„Falscher Gang“ zischte ich und erntete zum Dank ein debiles Kichern.

Wie schaffte sie es nur die Luxuskarosse absaufen zu lassen? Das war doch noch nicht einmal mit Anfängerfehler zu erklären.

„Die Kupplung langsam kommen lassen“ dirigierte ich meine Fahrerin und der Mercedes hoppelte über die Sandpiste, um kurz darauf wieder abrupt stehen zu bleiben.

Ein paar Tierpfleger beobachten uns mit heiteren Mienen. Ich konnte mir schon denken, was die sich gegenseitig zuflüsterten. Wahrscheinlich irgendwas mit „Jaja, Frau am Steuer“ oder „Solch ein tolles Auto und dann diese Gurken als Fahrer. Eine Schande.“

Wir hätten natürlich auch eines der Safari Park - Fahrzeuge nutzen können, die im Eintrittsgeld schon eingerechnet waren aber Ingeborg hatte darauf bestanden, den Mercedes zu nehmen. ´Das hat einfach mehr Stil´ war ihre einfache Antwort auf meine Frage „Warum?“

Auf die Tiere, die zu besichtigen wir eigentlich gekommen waren, konnte ich mich bei Ingeborgs dilettantischen Fahrversuchen kaum konzentrieren.

Gazellen, Hasen und Springmäuse machten traurige Gesichter, weil zwei deutsche Touristen sie einfach ignorierten. Wahrscheinlich legten sie sich mächtig ins Zeug, um unsere Aufmerksamkeit zu bekommen, schlugen Purzelbäume oder legten Pirouetten hin aber es nutzte alles nichts - zu sehr waren wir mit dem aufheulenden Motor des Luxusautos beschäftigt.

„Du bist schon im Besitz eines gültigen Führerscheins?“ fragte ich mit bebenden Lippen und weit aufgerissenen Augen.

„Hm, ähem, ja, ich denke schon. Wie gut das ich damals diesen polnischen Fälscher kennen gelernt habe.“

Ich drehte mich ruckartig zu der Hildesheimerin um und starrte sie mit offenem Mund an.

„Das soll doch wohl…“

„Ja sicher war das ein Scherz. Was glaubst du denn“ lachte das Mädchen „du machst es mir heute aber auch wieder sehr leicht, dich auf den Arm zu nehmen. Oh, schau doch mal da drüben, Nashörner. Man sind die dick ey.“

Ich schaute nur kurz hinüber zu den Dickhäutern, bemerkte aber sogleich, dass Ingeborg das Lenkrad verriss und auf den Elektrozaun zusteuerte.

„Vorsicht“ brüllte ich und griff ins Lenkrad, um den Wagen wieder in die richtige Spur zu bewegen.

„Ah, bist du verrückt, mich so zu erschrecken“ schrie jetzt die Fahrerin „und überhaupt, das ist ja wohl die Todsünde schlechthin, jemanden beim Fahren ins Lenkrad zu fassen.“

Ich schlug mir verärgert gegen die Stirn.

„Du bringst uns beide noch um. Konzentrier dich doch bitte aufs Fahren. Soll ich nicht vielleicht doch besser wieder fahren? Ich meine nur, dann kannst du die Safari voll und ganz genießen. Ich bin sowieso nicht der große Tierfreund.“

Ingeborg winkte ab.

„Wie kann man diese herrliche Tierwelt denn nicht mögen? Schau doch mal, sind das da Kormorane? Und nein, ich fahre weiter. Du hast mir das versprochen. Denk an unsere Abmachung.“

Also fuhr das Mädchen weiter und mir blieb nichts weiter übrig, als in meinem Angstschweiß zu baden.

Wir erreichten das Gehege mit den Löwen. Weshalb selbst bei den Erdmännchen Schutzzäune errichtet worden waren, ausgerechnet bei den unberechenbaren Löwen nicht, erschien mir grotesk.

Die Tiere schlichen unruhig und aggressiv umher und uns wurde ganz flau in der Magengegend.

Wir näherten uns den Großkatzen bis auf 20 Meter und ich gebot Ingeborg anzuhalten.

„Nur noch einen Meter" meinte Ingeborg und gab Gas. Zuviel Gas, ganz klar, denn der Wagen sauste noch ein gutes Stück näher an die Löwen heran.

„Verdammt" zischte ich „du willst uns tatsächlich noch umbringen oder? Schau doch mal wie böse die gucken."

Man hatte wirklich das Gefühl, dass die Tiere an diesem Tag noch nicht ordentlich gefrühstückt hatten. Sollten die Löwen nicht normalerweise dösig im Gras herumlungern und sich die Sonne auf ihre prachtvolle Mähne scheinen lassen? In Gefangenschaft machten die Viecher auf mich sonst stets einen ausgeglichenen Eindruck. Es war schließlich nicht das erste Mal, dass ich einen Löwen im Zoo sah.

Die Exemplare im hiesigen Safari Park liefen in gespannter Haltung umher, als ob sie nur auf ein Signal warteten, sich auf freundlich gesonnene Touristen zu stürzen.

„Irgendetwas stimmt nicht mit den Tieren" gab jetzt auch noch Ingeborg ihren Senf dazu. Als ob ich nicht schon genug vor Angst schlotterte.

„Komm, lass uns schnell weiterfahren?" flüsterte ich.

„Warte einen Augenblick. Verhalte dich ganz still. Ich glaube, der Große da hat irgendetwas vor."

Sie deutete mit einer langsamen Armbewegung auf ein besonders hoch gewachsenes Exemplar, welches sich mit tief gesenktem Kopf langsam an uns heranpirschte.

„Oh Gott" seufzte ich leise „von allen möglichen Arten zu sterben ist das die Grausamste."

„Ich habe gerade meine Tage. Vielleicht hat der Löwe ein Gespür dafür."

Ingeborgs Kommentare in einer vertrackten Situation wie dieser waren wie immer völlig überflüssig.

„Komm schon. Fahr jetzt langsam zurück. Nur 400 Meter und dann stehen da die drei Zoowärter von vorhin."

Das war meine Stimme der Vernunft.

Der Löwe stand jetzt nur noch drei Meter vor dem Mercedes und wir hielten den Atem an. Keiner wagte mehr etwas zu sagen.

Plötzlich, in die atemlose Stille hinein, löste sich die Frucht einer Dattelpalme über uns und krachte mit voller Wucht auf unser Autodach.

Nicht das der Aufschlag besonders stark war oder der Luxuskarosse irgendetwas anhaben konnte, aber der Schreck fuhr uns umso heftiger in die Glieder.

Das Mädchen und ich schrien gleichzeitig gellend auf. Geistesgegenwärtig setzte die Hildesheimerin zurück, drehte den Wagen rasant und brauste davon.

Der Löwe schüttelte verständnislos seine Mähne und trottete zu seinen Artgenossen zurück.

„Puh, das ist ja gerade noch mal gut gegangen" pustete ich und umarmte Ingeborg impulsiv.

„Ey vorsichtig man, ich muss mich aufs Fahren konzentrieren" war ihre Reaktion.

„Ja ähem, okay, du hast Recht. Entschuldige."

Der Höhepunkt unserer Reise stand uns jedoch noch bevor.

Die nächste Station war das vielbeworbene Affen – Terrain. Laut Begleitheft gab es etwa 120 Mantelpaviane, die der geneigte Besucher bestaunen durfte.

Eine gutgemeinte Warnung lautete, die neugierigen Tiere auf keinen Fall anzulocken oder zu füttern.

Die Autofenster sollten auf jedem Fall während der gesamten Fahrt geschlossen bleiben.

„Wegen mir können wir gleich weiterfahren. Affen sind ja so was von langweilig" maulte ich „die haben mich schon als Kind nicht die Bohne interessiert."

„Ach du mit deiner ewigen Nörgelei" fauchte mich Ingeborg an „dir kann man es aber auch gar nicht recht machen."

„In Ordnung. Dann lass uns die Viecher anschauen, wenn dir das so wichtig ist. Denke aber daran: nicht anlocken oder irgendetwas in der Art."

Sie knurrte etwas Undefiniertes und fuhr langsam in den Pavian Distrikt ein.

Da waren sie auch schon. Eine größere Gruppe, die in einiger Entfernung im Schatten der Bäume kauerte und sich gegenseitig Wanzen, Zecken, Flöhe und weiß der Geier was aus den Pelzen zog.

Eine kleinere Schar der putzigen Tiere hatte es sich auf einen der Bäume, unweit der Safari – Hauptstraße bequem gemacht. Von dort oben hatten sie den besten Ausblick auf die doofen Touristen.

In freier Wildbahn waren die Vertreter dieser Spezies recht scheue Artgenossen, ihrer natürlichen Umgebung entrissen, waren die Affen zu eigenwilligen Kreaturen mutiert.

Die Truppe in den Bäumen über uns, schaute neugierig auf das vorbeifahrende Fahrzeug. Einige Jungtiere pendelten mit ihren langen Armen an den dicken Ästen der Dattelpalmen und versuchten

unsere Aufmerksamkeit zu erlangen.

In meiner Ignoranz konnte ich mir beim besten Willen nicht vorstellen, welche Gefahr von diesen possierlichen Wesen ausgehen sollte. Die Löwen vor ein paar Minuten - das war eine realistische, greifbare Gefahr, aber was bitte schön, sollten denn ein paar harmlose Äffchen für einen Schaden anrichten.

Ganz sicher hätte ich meine Meinung nicht geändert, wenn wir den Tieren einfach nur ein paar Minuten bei ihrem Treiben zugeschaut hätten und dann einfach weiter gefahren wären.

Vielleicht wäre alles gut ausgegangen, wenn Ingeborg nicht plötzlich Durst bekommen hätte und nach der Wasserflasche auf dem Rücksitz gegriffen hätte. Aber natürlich riss die Hildesheimerin die 2,5 Literflasche mit solch einer Wucht nach vorne, dass sie mit dem Ellbogen versehentlich die Hupe betätigte...Und schon waren sie da!!!

Die Mantelpaviane machten ein reges Geschrei, als sie von den Bäumen auf die Straße sprangen und unser im Schritttempo fahrendes Auto begleiteten. Zunächst noch in verhaltener Distanz, dann voller Forschungstrieb.

„Oh mein Gott, was hast du jetzt bloß wieder angerichtet?" stöhnte ich „können wir nicht einfach mal einen ganz normalen Tag miteinander verbringen?"

„Was kann ich denn dafür, dass du immer diese Riesenflaschen kaufst" kreischte das Mädchen „eine

Halbliterflasche hätte sogar in den Getränkehalter gepasst. Schau mal, dafür wurde der hier eingebaut."

Sie deutete auf das Accessoire hinter der Gangschaltung.

„Jetzt sieh zu, dass du hier verschwindest, ehe die Viecher noch auf den Mercedes springen. Wenn die hier irgendetwas zerkratzen bin ich geliefert."

Ingeborg sah mich böse von der Seite an und zischte: „Immer geht es dir nur um dich. Typisch. Mein Geld, mein Mercedes. Ein wenig Altruismus könnte dir auch nichts schaden. Im Übrigen ist es mir gerade nicht möglich, hier schnell zu verschwinden, weil ein paar von den Affen gerade die Fahrbahn blockieren."

Das stimme leider.

Die Paviane hatten sich im Laufe ihres Aufenthaltes im Safari - Park so sehr an die Fahrzeuge gewöhnt, dass sie diese kaum noch als reelle Gefahr betrachteten. Sie hatten die Erfahrung gemacht, dass die Fahrer dieser Autos in der Regel noch langsamer fuhren oder anhielten, bis die jungen Affen ihre Neugierde befriedigt hatten und sich zurück auf die Bäume begaben.

Auch meine Begleiterin machte da keine Ausnahme. Sie legte den Leerlauf ein und wartete.

Die Tiere hatten wahrscheinlich ihr Lebtag noch keine Mercedes Limousine, der S - Klasse gesehen, sondern stets nur die ewig gleichen Safari Vehikel.

Auf alle Fälle drehten sie nicht nach kurzer Zeit gelangweilt ab, sondern kamen immer näher. Die ersten sprangen schon auf den teuren Wagen und hüpften auf der Motorhaube umher.

Einer riss gar am Scheibenwischer, was mich dazu zwang, gegen die Scheibe zu klopfen und drohende Grimassen zu schneiden.

Wie das den zotteligen Halunken beeindruckte.

Nachdem er kurz erschrocken das Weite gesucht hatte, war er nur kurze Zeit später zurück, im Schlepptau zwei seiner besten Freunde.

Wieder zogen und zerrten sie gemeinsam am Scheibenwischer.

„Hau ja ab du“ schrie ich und schlug mit der Faust gegen die Frontscheibe.

Die drei Paviane lachten mich nur aus und setzten ihr übles Treiben unbeeindruckt fort.

´Wofür wurden eigentlich die Safari - Park Mitarbeiter bezahlt, wenn nicht dafür, verängstigte Touristen vor wildgewordenen Kreaturen wie diesen zu retten? ´ dachte ich. Bis jetzt hatte ich die Zoowärter nur als Attrappen, die mit Zigaretten in den Ecken standen, kennengelernt.

„Nun mach doch was“ forderte ich die Fahrerin des Wagens auf, ohne genau zu wissen, was ich eigentlich von ihr erwartete.

Ingeborg sah jetzt auch ziemlich nervös aus. Dicke Schweißperlen rannen an den Schläfen herunter und sie keuchte hörbar.

Wieder fuchtelte ich wild mit meinen Armen, um die Tiere von der Kühlerhaube zu vertreiben.

Dabei kam ich an den elektrischen Fensterheber für die Fahrerseite und langsam ging das Fenster auf. Nur eine Handbreit, dann gelang es mir, die Elektronik zu stoppen.

„Mach das Fenster zu, mach das Fenster zu“ schrie Ingeborg mit hysterischer Stimme aber es war bereits zu spät.

Die wilde Meute erkannte im Bruchteil einer Sekunde die Gelegenheit und kletterte die Tür zur Fahrerseite empor.

Ein ganz mutiger Zeitgenosse griff durch den Spalt des Fensters ins Innere des Autos und fand Ingeborgs prächtigen Haarbusch.

Er riss daran und gab dabei triumphierende Laute von sich.

„Au, au, au. So hilf mir doch endlich“ schrie das Mädchen verzweifelt.

Ich betätigte den Knopf zum Verriegeln der Scheibe und quetschte dabei die Hand des jungen Pavians ein. Der schrie in seiner Pein wie am Spieß und lockte noch mehr seiner Artgenossen zu unserem Automobil.

Ingeborg hatte nun auch genug, ging in den ersten Gang und stieg auf das Gaspedal. Langsam rollte der Wagen weiter und einige der Affen machten jetzt Platz.

Um den schreienden Pavian von seinem Leid zu erlösen betätigte ich noch einmal den Fensterheber.

Dummerweise öffnete ich das falsche Fenster und jetzt gingen beide Scheiben der Beifahrerseite gleichzeitig auf.

Schon waren zwei von den garstigen Geschöpfen über mich in das Wageninnere gehuscht und veranstalteten auf dem Rücksitz einen wahren Affentanz.

Ich löste meinen Gurt und griff nach hinten, um die frechen Eindringlinge wieder hinauszubefördern.

Die Brut gebärdete sich immer schlimmer. Sie bissen mir in die Hand und ich schrie erschrocken auf.

Ingeborg schrie ebenfalls und der Affe, der noch immer in der Scheibe eingeklemmt war, sowieso.

Es war der absolute Wahnsinn.

Endlich und in sicherer Entfernung stoppte Ingeborg das Auto abrupt. Zunächst befreite ich Affen Nr. 1 aus seiner Falle, danach öffnete ich die Hintertür, woraufhin auch die anderen beiden Fellträger flüchteten.

Erschöpft sank ich wieder auf den Beifahrersitz. Auch Ingeborg war noch vollkommen außer Atem.

„Ist alles in Ordnung bei dir?“ fragte ich tonlos „du siehst etwas bleich aus.“

Sie sah mich mit erschöpftem Blick an.

„Alles in Ordnung. Was macht die Hand?"

Ich zuckte mit den Schultern.

„Nicht der Rede wert. Nur ein Kratzer."

Wir fuhren weiter und waren gerade im Begriff das Gelände zu verlassen, als drei uniformierte Wärter uns den Weg versperrten.

Zwei von denen schwangen drohend ihre schweren Holzknüppel.

Was denn los sei wollte ich wissen.

In englischer Sprache erklärte uns der größte der drei Afrikaner, dass Besucher uns dabei beobachtet hätten, wie wir versuchten, eines der Affen zu stehlen.

Eine nette Umschreibung, für das was wir gerade erlebt hatten.

Natürlich versicherten wir ihnen aufgebracht, dass dies nicht unsere Intention gewesen sei. Ingeborg schilderte den Vorfall auf ihre Weise, in dem sie originalgetreu die Affenlaute unserer Angreifer imitierte.

Durch ihr Gebaren fühlten sich die jungen Afrikaner erst recht provoziert und in ihrer Ehre verletzt.

Man zwang uns zum Aussteigen und zum Niederknien, mit auf dem Rücken verschränkten Armen.

Während der Wortführer der drei Wächter uns mit drohender Stimme die Folgen für Tier Kidnapping

erläuterte, durchsuchten die anderen beiden unser Fahrzeug.

Wie zum Hohn sprang genau in diesem Augenblick ein weiterer Affe mit großem Geschrei aus der Hintertür und raste ins nahe gelegene Gebüsch.

Die nächsten 5 Stunden verbrachten wir im Büro des Safari Park Chefs. Zwei Polizisten waren hinzugekommen und nahmen uns nun richtig in die Zange. Wieder und wieder mussten wir unsere Geschichte erzählen. Vielleicht glaubten die Uniformierten, dass wir uns irgendwann widersprachen oder in Widersprüche verwickelten aber dem war nicht so.

Als wir endlich gehen durften, hatten wir es sehr eilig das Gelände zu verlassen. Nicht nur, dass wir es kaum erwarten konnten, diesen finsteren Ort endlich zu verlassen, nein, uns stand auch noch die lange Rückfahrt bevor. Wir sollten nach Möglichkeit auch noch packen, ich musste den Mercedes weinenden Auges abgeben und dann war auch schon Check Out. Der Flieger ging dieses Mal bereits in aller Herrgott Frühe.

Wir schafften es auf dem letzten Drücker, unseren Flieger zu erreichen und ein weiteres Abenteuer mit Ingeborg ging zu Ende.

Kapitel 4

Wir brauchten dieses Mal nicht wieder ein halbes Jahr für ein Wiedersehen.

Schon zwei Tage später sprach mir das Mädchen auf die Mailbox, fragte, ob ich noch gut Heim gekommen sei und entschuldigte sich noch einmal für die Unannehmlichkeiten während unserer letzten gemeinsamen Reise.

Außerdem lud sie mich zu sich nach Hildesheim ein.

Hildesheim und Ingeborg!!!

Unangenehme Erinnerungen wurden wach. Irgendwas mit einem Ska - Konzert und einen ziemlich betrunkenen Mädchen, das ich bei strömenden Regen durch die halbe Innenstadt geschleppt hatte und einem unbekleideten Herrn auf dem Sofa meiner Gastgeberin.

Ob sie während des letzten Jahres etwas erwachsener geworden war? Auf dem seichten Niveau meines letzten Besuches in ihrer Heimatstadt konnte sie doch unmöglich stehen geblieben sein.

Oder doch?

Ich verspürte wenig Lust es herauszufinden.

Da ich Ingeborg aber keinen Korb geben wollte, entschloss ich mich zu einem Kompromiss.

Besuch ja, aber spätestens gegen 18.00 Uhr würde ich unter fadenscheinigen Ausreden die Stadt schnellstmöglich wieder verlassen. So war die Gefahr gebannt, erneut einen Abend wie den damaligen zu erleben.

Eine Woche später fuhr ich die knapp 160 Kilometer in die niedersächsische Studentenstadt.

Einmal mehr kam auch dieser Ausflug nicht ohne Überraschung aus.

Schon am frühen Morgen hatte mich Ingeborg ziemlich aufgeregt angerufen und verkündet, dass ihr freier Tag gestrichen worden sei, weil eine Kollegin plötzlich erkrankt war. Es wäre allerdings kein Problem, sie auf Arbeit zu besuchen; sie würde schon ein paar Minuten ihrer Zeit entbehren können.

Das kam mir und meinen Plänen natürlich mehr als gelegen.

Ich vergaß nicht, etwas Anteilnahme zu heucheln und ein „Ja schade aber Hauptsache wir können uns kurz sehen" abzuspulen. Was war ich doch für ein grandioser Schauspieler. 20 Jahre in der

Gastronomie waren doch nicht völlig umsonst gewesen. Wo, wenn nicht diesem Beruf, lernte man vortrefflich die hohe Kunst des Schmierentheaters?

Kurz vor 12.00 Uhr traf ich an der Johann Friedrich Herbart - Schule ein. Herbart, der Begründer der Formalstufentheorie und des pädagogischen Lehrplanes, war, wie ich später aus Wikipedia erfuhr, auch derjenige, der Schul - und Klassenreisen eingeführt hatte. Somit trug er eine nicht unwichtige Mitschuld an den ersten Pettingversuchen und Drogenerfahrungen vieler Pubertierender.

Gemeinsame Exkursionen, inklusive Übernachtungen, waren bestens geeignet um seinen Horizont auf diesen Gebieten zu erweitern.

Davon waren die jungen Leute, die Ingeborg als Schutzbefohlene anvertraut worden waren, noch weit entfernt.

Wohin ich auch schaute, nur 4 bis 6 jährige Rotznasen in dämlichen Klamotten. Bärchen, Dinos und Blumenmuster waren Trend.

Auch im noch unschuldigen Alter schon zur kollektiven Fashion - Sklaverei verurteilt. In ein paar Jahren wartete die Schule auf diese jungen Leute und dann würde es noch viel schlimmer werden. Jeder der es wagte, sich gegen den Mainstream aufzulehnen, würde die nächsten zehn Jahre ein Opfer sein. Gebrandmarkt, gemieden, verhöhnt.

Das Leben würde sich ihrer annehmen. Bald würden sie von der eigenen Existenz gelangweilte Egoisten sein, die sich für nichts weiter interessierten als den eigenen Mikrokosmos.

Das sagte ich den Nachwuchs - Blödmännern natürlich nicht. War ja auch nicht meine Aufgabe.

„Hi du, schön dass du es geschafft hast vorbeizuschauen" ertönte eine freudig, aufgeregte Stimme hinter mir „bei euch ist ja gerade Hochsaison oder?"

Ich drehte mich um und nahm ebenso freudig erregt wahr, dass die soeben vernommenen Worte aus Ingeborgs Mund gekommen waren.

Ich freute mich in diesem Moment so ehrlich und aufrichtig wie nie zuvor, meine alte Reisebegleiterin wieder zu sehen.

Wie das Mädchen so da stand, auf dem Sandspielplatz mit der Kletterburg , in ihrer abgewetzten, figurbetonten Jeanshose und dem ebenfalls sehr eng anliegenden weißen Oberteil - das war schon ein atemberaubender Anblick.

Die Haare trug sie offen und geschminkt war sie, soweit ich das als Laie beurteilen konnte, nur äußerst dezent.

Sie flog in meine Arme und gab mir einen schmatzenden Kuss auf die linke Wange.

Als ich merkte, dass ich sie länger als üblich umklammert hielt, erschrak ich und stieß sie sanft von mir.

Schnell zurück in den sicheren Hafen der freundschaftlichen Gegenwart.

„Ja du, freut mich auch dich zu sehen. Der Stress bei uns im Hotel hält sich derweil in Grenzen aber wir sind für die nächsten Wochen schon gut gebucht. Die Leute feiern wieder, als ob es kein Morgen gibt."

Sie lächelte und offenbarte dabei ihre herrlichen weißen Zähne.

„Na vielleicht gibt es ja auch kein Morgen und die Leute ahnen das. Aber erzähl, wie geht es dir? Traust du dich noch in die Nähe von Tierparks?"

Sie sah mich grinsend an und ich verstand ihre Anspielung.

„Ganz ehrlich? Ich bekomme schon die Panik, wenn mich ein Kätzchen streift."

Das entsprach nicht der Wahrheit und weil wir das beide wussten lachten wir synchron.

Dann herrschte ein kurzes, unangenehmes Schweigen.

Ich sah mich auf dem Außengelände ihres Kindergartens um und brummte:

„Einen schönen Arbeitsplatz hast du hier. Die meiste Zeit an der frischen Luft und das Einzige, was einem die Laune trübt, sind wahrscheinlich die Kinder."

Wieder grinsten wir zwei gleichzeitig, dann sprach Ingeborg:

„Ach nee, so schlimm sind die gar nicht. Ein paar sind etwas lauter, die anderen etwas ruhiger. Man muss halt schauen, dass man bei ihnen die richtige Balance herauskitzelt. Da wächst man an seiner Aufgabe. Ist jedes Mal eine spannende Herausforderung."

Sie wirkte unheimlich glücklich, wie sie das so sagte. Ich wollte, ich hätte das Gleiche über meinen Job sagen können.

„Du liebst deine Arbeit wirklich hm?" stellte ich mehr fest als das ich fragte.

Ingeborg lächelte und nickte mit leuchtenden Augen.

„Ja das tue ich. Schau sie dir doch an, diese kleinen Persönlichkeiten. Ist es nicht wunderbar mit anzusehen, wie sie miteinander spielen und sich untereinander verstehen. Die sind noch so jung und unschuldig und völlig unverdorben. Sie sind total unbedarft und offen für Neues. Sie sind weder seelisch verwahrlost, noch emotional verkrüppelt und leben in keiner entzauberten Welt. Ich hoffe, sie können dieses Gefühl so lange wie möglich konservieren."

„Hätte ich ein Geschenk mitbringen sollen?" fragte ich leise und stocherte verlegen mit der Schuhspitze im Sand herum.

„Nee, passt schon. Eigentlich habe ich keines erwartet."

„Du weißt ja, dass ich mich immer etwas schwer tue mit den sozialen Interaktionen und ihren Regeln."

Ingeborg nahm meine Steilvorlage dankend an.

„Naja, schön wäre es schon gewesen und gefreut hätte ich mich auch. Nach allem, was wir gemeinsam erlebt haben, sollte eine kleine Aufmerksamkeit schon drin sein..."

Sie lachte herzhaft, als sie mein entsetztes Gesicht betrachtete.

„Oh Gott, du machst es mir aber auch immer sehr einfach" frohlockte das Mädchen und klopfte mir freundschaftlich gegen die Brust.

„Du hättest mal dein Gesicht sehen müssen. Was hättest du denn mitbringen wollen? Eine Schachtel Pralinen, damit ich noch fetter werde."

Sie zeigte mit gespieltem Selbstmitleid auf ihre Hüften und grinste wieder.

„Ja toll, jetzt hast du wieder deinen Spaß gehabt, nun darf ich auch mal wieder etwas sagen, okay?"

maulte ich.

„Ja klar. Also was ist los? Wusste ich doch, dass du die weite Reise nicht nur gemacht hast, um dich von mir verarschen zu lassen" kicherte Ingeborg weiter.

„Nein, ganz bestimmt nicht" knurrte ich leise, räusperte mich und sprach dann mit ernster Stimme weiter.

„Also, du weißt doch vielleicht noch, dass ich dir vor nicht allzu langer Zeit mal erzählt habe, dass bei uns ein großes Familienfest ansteht."

Ingeborg schaute mich mit Augen, groß wie Traktorreifen und dazu passenden Fragezeichen Blick an und ich seufzte leise.

„Ich meine damit kein Fest bei mir im Hotel, sondern eines in meiner Verwandtschaft. Meine Oma, also die Mutter meiner Mutter wird 70 Jahre alt..."

„Ich weiß dass die Mutter deiner Mutter deine Oma ist" unterbrach mich Ingeborg kichernd „ja aber was hat das Ganze denn mit mir zu tun? Willst du mir als nächstes erzählen, dass du ein wenig im Internet gegoogelt hast und herausgefunden hast, dass wir Halbgeschwister sind und deine Oma auch meine Oma ist?"

Ich errötete leicht und fühlte die Schweißperlen auf meiner Stirn. Hastig wischte ich mir mit den Handrücken über den Schädel und stotterte: „Wenn du mich doch einmal nur ausreden lassen würdest."

„Ja Entschuldigung. Kommt nicht wieder vor."

Ingeborg unterdrückte sich mühsam ihr Grinsen.

„Also, die Sache ist die" begann ich von neuem „ meine Großmutter ist ziemlich konservativ und eigentlich trifft das auf meine gesamte Sippe zu".

„Wer hätte das gedacht?" flötete Ingeborg, hielt sich aber sofort erschrocken den Mund zu.

„Du hast vielleicht irgendwo vom Hörensagen eine Vorstellung, wie so etwas ist. Da hat jedes Ding und jede Sache seinen zugewiesenen Platz. Alles hat so abzulaufen, wie es seit gefühlten 2000 Jahren abläuft und das trifft dann auch auf das soziale Gefüge zu. Einmal geheiratet sind Worte wie Scheidung oder Trennung für die nächsten 70 Jahre tabu. Nach drei Jahren gemeinsamer Ehe hat die Frau ein Kind zu bekommen, um die nächste Generation in unserer genormten Familie einzuläuten. Ganz großes „No Go" bei einem Familientreffen ist es, als über 20 Jähriger alleine zu erscheinen und Oma zu erklären, dass man seit vier Jahren Single sei, weil man die Richtige noch nicht gefunden habe. Das ist der gesellschaftliche Tod. Schwarzes Schaf, gefährlicher Außenseiter, eitriger Kropf, Überbiss - suche dir das schlimmste aus und du bist noch nicht einmal nahe dran."

Ich hielt in meinem Monolog inne und hoffte das Mädchen würde verstehen, worauf ich hinaus wollte.

Und wie sie verstand! Wie falsch sie verstand oder nicht verstehen wollte.

„Du hast Angst, dass dich deine Familie für schwul hält?" fragte sie und setzte ein zuckersüßes Gesicht auf.

„Zum 1000sten Mal - ich bin nicht schwul" zischte ich böse „ich wollte dich nur fragen, ob du mich auf die Familienfeier begleitest und dich als meine Freundin ausgibst. Aber ich merke schon, du ziehst das wieder alles ins lächerliche und eigentlich hast du auch Recht. Das war eine blöde Idee. Also, entschuldige bitte, dass ich dich damit belästigt habe."

Ehe ich weiterreden oder Ingeborg etwas erwidern konnte, riss uns eine Kollegin des Mädchens aus dem Dialog.

Eine untersetzte, rundliche Dame - Marke „die lustige Dicke" kam mit schnellen Schritten auf uns zugelaufen, machte vor Ingeborg halt und japste, mühsam nach Luft schnappend: „Ingeborg, kannst du...schnell kommen...der Lars hat sich wieder auf Klo eingeschlossen. Alleine kriege ich ihn da nicht raus."

Ingeborg setzte ein genervtes Gesicht auf und zischte: „Irgendwann drehe ich dem Kerl den Hals um".

„Ich muss dann wieder" wandte sich das Mädchen kurz mir zu „hat mich wirklich gefreut, dass du mich besucht hast."

Dann setzte sie sich mit flotten Schritten in Bewegung, Richtung Kindergarten. Sie hielt kurz inne, drehte sich noch einmal zu mir um und rief mir lachend zu: „Ich mache es. Sag einfach Bescheid, wann."

Da hatte ich meine erhoffte Antwort. Der Plan würde aufgehen. Ich jubelte innerlich. Auf Ingeborg war halt Verlass.

Die Dralle starrte mich mit offenem Mund an und ich sah sie unverwandt fragend an.

„Ach du bist das" entfuhr es ihr selbstvergessen. Ich konnte weder den Satz, noch den Ausdruck darin richtig deuten.

„Entschuldige, wer bin ich?" fragte ich und zog kritisch die Stirn in Falten.

Wahrscheinlich verunsicherte ich die Kindergärtnerin damit noch mehr, denn sie geriet in Panik und haspelte schnell: „Ähem niemand. Tut mir leid."

Sie beeilte sich aus meinem Dunstkreis herauszukommen, drehte sich aber noch einmal um und lächelte mir vielsagend zu.

Inzwischen war eines der Rotznasen, männlichen Geschlechts an mich herangetreten, grinste mich blöde an und steckte den Zeigefinger der rechten Hand zwischen die Faust der linken Hand, während er fortwährend brabbelte: „Penis, Vagina."

Ich wollte ihn zunächst ignorieren aber die Sturzgeburt war wie schrilles, lästiges Geräusch in unmittelbarer Nähe. Omnipräsent und extrem nervig.

„Penis, Vagina."

„Entschuldige. Was hast du gesagt?"

„Penis, Vagina."

„Wo lernt man denn in solch jungen Jahren so etwas? Weißt du überhaupt was das bedeutet?"

Da kam mein Pflichtbewusstsein als Gastronom wieder durch. Jeder Gast hat das Recht auf eine kleine Unterhaltung. Da machte ich noch nicht einmal vor schrägen Pupsköpfen wie dem da halt.

„Mein Bruder hat mir ein Video gezeigt. Das hat er meinem Vater aus dem Tresor geklaut. Da sind Papa und Mama nackt und…"

Stopp. Mehr Informationen brauchte ich nicht. Und überhaupt war es Zeit zum Aufbrechen.

„Na dann, kleiner Mann. Viel Spaß noch und dein Bruder kann das Video doch mal im Internet hochladen" rief ich dem vorpupertären Bengel zu und sah zu, dass ich Land gewann.

„Penis, Vagina" schallte es mir nach.

´Jaja, die lieben Kleinen. Unschuldig und völlig unverdorben´ dachte ich. Exakt, dies waren Ingeborgs Worte gewesen.

Oma Hildegarts 70. Geburtstag fiel auf einen Samstag, und die Sonne strahlte mit der rüstigen Rentnerin um die Wette.

Eigentlich hätte ich einen wirklich guten Grund gehabt, der lästigen Familienfeier fernzubleiben.

Zwei Kollegen waren plötzlich mit Magen - Darm Grippe ausgefallen und das Hotel war an diesem Wochenende komplett ausgebucht. Also nicht nur die wenigen Zimmer - die waren unser kleinstes Problem.

Alle unsere Veranstaltungsräume waren bis auf den letzten Platz ausgebucht.

Natürlich kam bei dem perfekten Frühlingswetter, mit Temperaturen um die 21 Grad, noch die übliche Laufkundschaft hinzu.

Großkampftage nannten wir solche Wochenenden martialisch.

Kein Wunder, dass unser Ösi - Menschenschinder nichts unversucht gelassen hatte, mich dazu zu bewegen, lieber „meinen Beitrag zum Wohle des Hotels zu leisten", anstatt dem simplen Hedonismus zu frönen.

Die Masche, mit der er versuchte mich zu ködern, war nicht grundsätzlich falsch. Die Gründe, welche der Alpen - Gastronom aufführte, hätten zum Teil sogar auf meinem Mist gewachsen sein können.

Familienfeier = langweilige Pflichtveranstaltung, um den Frieden mit der Sippschaft zu wahren und bei der nächsten Testamentsverkündung nicht leer auszugehen.

Geld verdienen durch Arbeit ist besser als Geld auszugeben, zum Beispiel für unnütze Geschenke, die sofort in irgendwelche dunklen Orte landen und erst zwei Generationen später wiederentdeckt werden.

´ Aber Junge, was soll ich denn in meinem Alter noch mit einer Playstation? ´

Alternativ: ´ Ach Junge, was soll ich denn in meinem Alter noch mit Konzertkarten für Rammstein? ´

Den alten Leutchen hatte man gefälligst jegliche Undankbarkeit zu verzeihen, denn die Senioren waren nun einmal, bedingt durch ihre lange Lebenszeit, etwas sonderbar und schrullig.

Zu gerne hätte ich mich schon bei der Einladung zu Omas Geburtstagsfeier mit Stress auf der Arbeit herausgeredet und abgesagt.

Weil meine Großmutter mich aber nur zu genau kannte, hatte sie ihrer Einladung umgehend beigefügt, dass ich mir auf gar keinen Fall einfallen lassen solle, nicht zu erscheinen. Mit zitternder Stimme hatte sie mir erklärt, dass sie mir ein Fernbleiben bis ans Ende ihrer Tage nicht verzeihen würde.

Das war dann mal eine Ansage!

Ganz klar, dass auch meine lieben Eltern in dasselbe Horn bliesen.

Begriffe wie „Familienschande“; „Schwarzes Schaf“ und ganz originell „Todesstich ins Herz einer alten Frau“ fielen.

Damit war ein für alle Mal klar - ich musste erscheinen - sonst konnte ich gleich auswandern und blieb geächtet auf Lebenszeit.

Schon wären wir beim zweiten Punkt angelangt, der mir in den letzten Tagen schlaflose Nächte bereitete - das Vorstellen meiner „neuen Freundin" auf besagtem Familienfest.

Meinen Eltern hatte ich am Telefon vage angedeutet, dass ich seit kurzer Zeit „etwas neues am Start hätte".

Meine Mutter war natürlich augenblicklich vollkommen aus dem Häuschen und löcherte mich mit Fragen.

Wie alt? Beruf? Beruf der Eltern? Lieblingshaustier? Lieblingswurstsorte? Wie viele Liebhaber vor mir?

Es war, als hätte ich in einem Wespennest gestochert.

Natürlich machte ich sofort komplett dicht und flüchtete mich stattdessen in Plattitüden.

„Sorry, dass weiß ich nicht, wir kennen uns noch nicht so lange. Erst mal schauen ob etwas daraus wird."

Wie immer war es meiner Mutter am allerwichtigsten, dass besagte Dame anständig und wohlerzogen war. Wie genau sie diese Begriffe definierte, erklärte mir meine Herstellerin allerdings nicht.

Nur ihre letzte Frage, die sie leise eher zu sich selbst als zu mir sprach, raubte mir komplett den Schlaf.

„Ist denn solch ein Familientreffen der richtige Anlass, um eine neue Freundin der Verwandtschaft vorzustellen?"

Da hatte sie nicht ganz Unrecht, dass musste ich leider zugeben.

Diese Frage spiegelte mein ganzes Dilemma wieder.

Meinen Eltern war es enorm wichtig, innerhalb des Clans auf „heile Welt" zu machen und Werte und Tradition zu reflektieren. Dazu gehörte auch, dass der einzige Sohn mit einer netten Dame aus gutem Hause verbunden war. Seit 5 Jahren glücklich verheiratet und ein Kind gerade unterwegs wäre das Optimum aber „feste Freundin“ war auch schon mal etwas.

Dass wir erst kürzlich zueinander gefunden hatten bräuchten wir in Omas Nähe nicht extra erwähnen. Zu viele Informationen für die alte Dame.

Dass ich vor der neuen Flamme vier Jahre auf Solopfaden durchs Leben geschlichen war, gehörte ebenfalls unter den berühmten Mantel des Schweigens.

Ich würde innerhalb des erlauchten Zirkels funktionieren. Daran gab es keine Zweifel. Mir war das klar und auch meine Eltern wussten es.

Der unbekannte Nenner in dieser Geschichte war und blieb Ingeborg, meine neue Freundin.

Das meine Mutter so überhaupt nichts über die junge Dame wusste, ging ihr mächtig gegen den Strich.

Was, wenn sich die Unbekannte bei der Familienfeier ungebührlich aufführte?

Die Gefahr lauerte überall.

Ich versuchte meine Mutter zu beruhigen.

„Du, Oma empfängt an diesem Tag über 50 Gäste. Die meisten von denen hat sie seit einer halben Ewigkeit nicht mehr gesehen und da gibt es doch so viel zu erzählen. Für meine neue Freundin wird Großmutter höchstens den Bruchteil einer Minute Zeit haben. Im Normalfall läuft die kurze Konversation zwischen ihr und uns so ab: ´ Hallo Oma, herzlichen Glückwunsch zum Geburtstag. Das ist meine Freundin Ingeborg. ´

Dann folgt der kurze Auftritt von Ingeborg: ´ Guten Tag Frau Jancker, vielen Dank für die Einladung und alles Gute zum Geburtstag. Wir haben Ihnen auch eine Kleinigkeit mitgebracht. ´

Es folgt die Überreichung der Geschenke bzw. des Geschenkes.

Auftritt Oma: ´Ach Kinder, das war doch nicht nötig. Schön das ihr die Zeit gefunden habt für mich. ´

Nächster Akt. Ein alter Bekannter kommt hinzu.

Auftritt Oma: ´ Ach Erwin, dass du tatsächlich die lange Reise aus Berchtesgaden auf dich genommen hast. Wir haben uns bestimmt vor 20 Jahren das letzte Mal gesehen. Spielst du noch immer so gut Tennis wie damals? ´

Und schon sind wir Beide wieder abgemeldet und schlurfen an unseren Tisch, ganz weit weg von Oma ihren. Klappe, nächster Akt.“

Ich war ein wahrer Meister darin solche Szenarien zu entwerfen. Überzeugend war ich noch dazu, denn das Nervenkostüm meiner Mutter war schon kurze Zeit später wieder nahezu faltenfrei.

Nur mich selbst konnte ich nicht restlos überzeugen. Leise Restzweifel krallten sich hartnäckig in der Großhirnrinde fest.

Ingeborg war nun einmal immer für eine Überraschung gut. Diese einfache Tatsache ließ sich nun einmal nicht leugnen.

Warum hatte ich sie überhaupt wider besseres Wissen in diese Sache mit hereingezogen?

Sicherer wäre es gewesen, eine Dame vom Escort - Service anzuheuern. Wäre zwar die teure Alternative aber die stressfreiere.

Bei den Damen aus dem Gewerbe konnte man ein tadelloses, professionelles Verhalten voraussetzen und geil aussehen würde die Mieze auch noch. Die alten Böcke aus der Verwandtschaft würden sich schön ihre faltigen Hälse verrenken.

Das mir das nicht eher eingefallen war. Nun war es leider zu spät, dass Schauspiel neu zu arrangieren.

Ingeborg hatte mir am Telefon mitgeteilt, dass sie sich sehr freue, mir einen Gefallen tun zu können. Außerdem hätte sie sich eigens für den festlichen Anlass ein neues Kleid gekauft. Nicht ganz billig aber saugeil, so ihre Worte.

Oma Hildegard hatte extra für ihre große Sause einen Saal des altehrwürdigen „Hotel zur Post“ gemietet. Das war schon seit Urzeiten die Nummer 1 in Bremen Nord.

Vielleicht nicht unbedingt hinsichtlich der Auftragslage. Da hatten immer noch wir ganz klar die Nase vorne. Allerdings in puncto Exklusivität war uns die Nobelherberge um Längen voraus.

Das musste ich neidlos anerkennen. Die Kollegen aus dem „Hotel zur Post“ sahen allesamt aus wie aus dem Ei gepellt. Geklonte Schönlinge, mit akkuraten Haarschnitten und geschliffenen Manieren.

Hier hatte keiner Schweißperlen auf der Stirn, wie bei unserem Sauhaufen. Keine Flecken auf den Schürzen oder gar ein ungebügeltes Hemd. Vergehen wie diese wurden in deren Reihen wahrscheinlich mit sofortiger Kündigung oder den Tod durch die Giftspritze bestraft.

Oma hatte sich gegen ein festliches Menü entschieden, sondern für ein Gala - Büfett.

Das spielte mir nicht gerade in die Karten. Die ständigen Gänge zum Büfett bargen immer die Gefahr, dass man in Höhe der marinierten Nordseekrabben oder der Lachsschaumspeise auf Personen traf, die Small Talk machen wollten.

Die Gäste waren zu 13.00 Uhr in den Gourmet - Tempel bestellt worden.

Das Protokoll sah zunächst einen Champagner Empfang vor. Danach sollte das Büfett eröffnet werden und gegen 16.30 Uhr waren Kaffee und Kuchen vorgesehen.

Dazu spielte ein Quartett professioneller Musiker klassische Stücke aus Großmutters Lieblingsopern.

Die Jubilarin hatte wirklich weder Kosten noch Mühen gescheut für den großen Tag.

Die gierige Sippschaft konnte froh sein, wenn es eines Tages überhaupt noch etwas zu verteilen gab von Omas Erbe.

Ingeborg und ich hatten uns darauf geeinigt, uns in meiner Wohnung zu treffen und dann gemeinsam mit meinem Wagen in das „Hotel zur Post“ zu fahren.

Wer um 12.00 Uhr nicht an meiner Wohnungstür klingelte war Ingeborg.

´ War vorauszusehen´ dachte ich ´ warum kann auch nicht ein einziges Mal etwas nach Plan laufen? ´

Ob die Hildesheimerin diese Art von Spannung zum Leben brauchte oder einfach nur das Pech besaß solche Situationen magisch anzuziehen, würde ihr Geheimnis bleiben.

Alle Versuche das Mädchen zu erreichen scheiterten.

Weder war sie telefonisch zu erreichen (Endstation Mailbox), noch reagierte sie auf meine SMS.

Allmählich wurde die Zeit immer knapper. Mir fiel wieder ein, wie sehr Oma Unpünktlichkeit hasste.

Gute 30 Minuten brauchte ich mit dem PKW zum Hotel. Wenn ich Vollgas gab schaffte ich es in 25.

Ich endschied mich gegen das Rasen und für den Erhalt meines Führerscheins und fuhr um 12.30 Uhr los.

Die Fragen meiner Eltern waren ebenso vorprogrammiert wie das Tuscheln der anderen Gäste.

Ich würde als Einziger alleine kommen. Was da wohl dahintersteckte?

Zur Not würde ich denen, die es hören wollten, irgendwelche Geschichten erzählen, von der plötzlich schwer erkrankten Freundin, die mit schwerer Grippe im Bett lag und das tolle Fest verpassen musste.

Das war dann auch der Grund dafür, dass ich schon vor Kaffee und Kuchen wieder gehen musste. Ich konnte die Ärmste unmöglich so lange alleine lassen.

Im Garten hinter dem Hotel hatten sich schon etliche Festgäste eingefunden. Das Servicepersonal reichte Prosecco und kleine Appetitshäppchen. Ein Musikerquintett in livrierter Uniform spielte klassische Weisen. Eine grandiose Stimmung, feierlich und voller Ruhe.

Die Anerkennung für meine Pünktlichkeit hielt sich in Grenzen.

Ich erreichte das Hotel um 12.59 Uhr und wurde erst einmal von meiner Mutter angefahren.

„Mensch Junge, kannst du nicht ein einziges Mal pünktlich sein?"

Meine Großmutter hieb gleich in dieselbe Kerbe.

„Ach da ist ja mein Lieblingsenkel endlich. Ich dachte schon, du würdest mich wieder versetzen."

„Ach Oma, ich bin doch auf die Minute genau eingetroffen. Du hattest doch für 13.00 Uhr geladen oder?"

Leicht verärgert verzog die Jubilarin das Gesicht.

„Man kann ja aus Höflichkeit auch ruhig mal etwas früher kommen. Dann hättest Du schauen können, ob die Kellner ihren Job richtig machen. Nicht das die Bande etwas vergisst."

Ich winkte beruhigend ab.

„Ach was Oma, das sind doch alles Profis. Denen kann ich sowieso nicht das Wasser reichen. Herzlichen Glückwunsch im Übrigen. Gut schaust du aus. Da habe ich auch noch eine Kleinigkeit für dich."

Artig überreichte ich mein Geschenk.

„Ach das war doch nicht nötig Junge. Ich bin ja so froh, dass du kommen konntest. Sag mal, wo ist denn deine Freundin? Deine Mutter meinte, du würdest sie heute mitbringen. Ich bin ja so gespannt auf die Dame."

Warum konnte meine Mutter nicht einfach mal den Mund halten.

Und nun?

Ich hatte keine Ahnung, ob Ingeborg überhaupt noch auftauchen würde. Den Ort der Feierlichkeit kannte sie bereits von meinen Erzählungen. Ob sie ihn überhaupt alleine finden würde war mehr als fraglich. Also besser Plan B? Die Krankengeschichte und dann bei der nächsten Gelegenheit verschwinden? Vielleicht konnte ich Ingeborg später noch treffen und wir würden uns einen gemütlichen Abend in Bremen machen.

„Tja, die ist leider erkrankt" hörte ich mich auch schon sagen „ liegt seit gestern mit Magen - Darm im Bett. Kann kaum feste Nahrung zu sich nehmen, Fieber, halt das volle Programm. Ich bin sicher, wir besuchen dich demnächst einmal und dann lernst du sie kennen."

Oma war die Enttäuschung ins Gesicht geschrieben.

„Ach ist das schade. Dann wünsch ihr Mal von mir gute Besserung."

Meine Eltern, die sich dazugesellt hatten, schauten ähnlich betroffen drein.

„Oh die Ärmste. Mit Magen – Darm ist wirklich nicht zu spaßen“ war der Beitrag meiner Mutter „da liegt sie mindestens vier Tage mit flach.“

Wieder schauten wir gemeinsam betreten zu Boden. Man konnte meinen, wir wären auf einer Trauerfeier.

„Herzlichen Glückwunsch zum Geburtstag“ rief eine aufgeregte Stimme hinter uns „tut mir leid, dass ich mich verspätet habe, aber ich hatte leider eine Autopanne.“

Wir Vier drehten uns gleichzeitig ruckartig um und mein Herz blieb beinahe stehen vor Schreck.

Da stand Ingeborg, völlig außer Atem und drückte die Hand irgendeiner älteren Dame und gratulierte dieser.

„Aber ich habe doch gar nicht…“ wehrte diese irritiert ab.

„Keine falsche Bescheidenheit. Soso, 80 Jahre sind sie heute alt geworden. Dafür sehen sie aber noch richtig knackig aus. Hahaha.“

Ich schloss kurz die Augen und hoffte, wenn ich sie wieder öffnete, ein anderes Bild vorzufinden. Leider ist das Leben kein Wunschkonzert.

„Ist das Büfett eigentlich schon eröffnet? Sie glauben ja gar nicht, was ich für einen Kohldampf schiebe.“

Das war wieder Ingeborgs Stimme, gerichtet an die völlig verwirrte Greisin.

Zu allem Überfluss überreichte sie der fremden Dame auch noch ein in Schleifenpapier eingewickeltes Geschenk, welches die Seniorin freudig strahlend annahm.

„Ingeborg“ rief ich heiser.

Die Hildesheimerin wandte sich uns zu und war nun ebenfalls benebelt.

Schnell gewann sie ihre Fassung wieder und eilte zu uns.

„Hey da bist du ja“ begrüßte sie mich freudig „ ich habe schon deine Oma kennengelernt. Spricht nicht so viel. Lebt wahrscheinlich schon in ihrer eigenen Welt. Und das sind?“

Sie sah meine Eltern und Großmutter zwinkernd an.

Meine Oma, die dieser Szene mit wachendem Entsetzen beigewohnt hatte, fand als Erste die Sprache wieder.

„Also ich bin die Gastgeberin. Im Übrigen bin ich heute 70 geworden und nicht 80 und nur zu ihrer Information – ich bin noch bei sehr klarem Verstand und lebe nicht in meiner eigenen Welt.“

Nun war es Ingeborg, der augenblicklich die Schamröte ins Gesicht schoss.

„Entschuldigen Sie…“ krächzte das Mädchen und kramte in ihrer Großhirnrinde nach geeigneten Worte der Reue.

Nach dieser etwas unglücklichen Begrüßungsszene wurde es noch ein tolles Geburtstagsfest.

Meine Großmutter fand sichtlich Gefallen an meiner vermeintlichen Freundin, denn die Beiden unterhielten sich lebhaft miteinander und der Fauxpas von vorhin war rasch vergessen.

Eigentlich sollte die Feier gegen 18.00 Uhr offiziell aufgelöst werden. Aber weil die Stimmung so toll war blieb man einfach noch zusammen.

Gegen 20. 00 Uhr hatten sich die Reihen der Gäste deutlich gelichtet. Nur noch der harte Kern um Oma hielt tapfer durch.

Die Kellner hatten ein paar Tische im Garten für uns zusammengeschoben und servierten auf Omas Wunsch hin noch einmal Suppen und belegte Brote. Die Jubilarin ließ es sich nicht nehmen, persönlich und in Begleitung des Oberkellners, in den Weinkeller hinabzusteigen und mit einem halben Dutzend erlesener Rotweine zurückzukehren.

Mein Einwand, Ingeborg und ich müssten doch noch mit dem Auto zurückfahren, wurde sofort ausgekontert. Meine Großmutter hatte bereits heimlich ein Doppelzimmer im edlen Parkhotel für uns Zwei reserviert.

Die Luft war auch spät am Abend noch angenehm warm. Ein traumhafter Abend.

Wir aßen und tranken den sündhaft teuren Rotwein und die Gastgeberin und Organisatorin des mehr als gelungenen Festes verließ erst kurz nach Mitternacht die Bühne. Chapeau Oma.

Im Nachhinein kann ich nicht mehr sagen, woran genau es lag, dass danach eines zum anderen führte.

Das wunderbare Fest, der Geschmack des edlen Bordeaux auf der Zunge oder das hinreißende Kleid meiner Begleiterin. Auf einmal war Ingeborg über mir, dann ich über ihr und letztendlich ich in ihr.

Wahrscheinlich war dies die unglaublichste Nacht meines Lebens, gefolgt von einem mittelschweren Kater am nächsten Morgen.

Es war uns Beiden mehr als deutlich anzumerken, dass keiner so recht wusste, wie er mit dieser Situation umgehen sollte. Jedes Wort konnte und würde das Falsche sein.

Also schwiegen wir einfach beim Frühstück am nächsten Morgen oder flüchteten uns in Plattitüden.

Ein kurzes „Mach´s gut und melde dich mal wieder" war alles was mir zum Abschied einfiel. Schon war Ingeborg wieder verschwunden und ich stand auf dem Parkplatz und wusste nicht, was ich von den Geschehnissen der letzten Nacht halten sollte.

Kapitel 5

Ich saß mit Peter Wackenhauser in der Taverne „Poseidon" und kaute an meiner „Mykonos Platte" herum. 2 Stück Suvflaki, 1 Mal Bifteki, 2 Lammkoteletts und jede Menge Gyros. Dazu Pommes, Paprika - Reis und Zaziki. Den gemischten Beilagen Salat hatte Theofanis, unser Kellner schon vor 10 Minuten gebracht, zusammen mit einem eiskalten Ouzo und einem fröhlichen „Salut" auf den Lippen.

Peter Wackenhauser war schon fertig mit seiner Fleischplatte. Das war wieder typisch für ihn. Erst keine eigene Entscheidung treffen können, sondern sich einfach meiner Bestellung anschließen und dann auch noch drauf los spachteln, als ob es kein Morgen gibt.

Ich kannte den Gierschlund schon seit 4 Jahren. Damals hatte er ein Praktikum in der „Welle" gemacht und bereits nach drei Tagen gemerkt, dass die Gastronomie überhaupt nicht sein Ding war.

Er war auch nicht wirklich durch großes Engagement oder Fleiß aufgefallen. Die Aufgaben, welche ich ihm auf aufgetragen hatte, wurden erfüllt, mehr aber auch nicht. Keine Fragen, warum mache ich dieses oder jenes, kein Interesse. Zugute halten muss ich dem Jungen, dass er die volle Woche ohne zu murren durchgezogen hatte und nicht wie andere nach kurzer Zeit in „den Sack gehauen haben".

Wie sich herausgestellt hatte, stellte sich unser Peter recht geschickt im Umgang mit den modernen Kommunikationsmitteln an und war überhaupt ein Ass bei Fragen rund um die Elektronik.

Er half mir bei Problemen mit meinem Rechner und verhalf mir zu einem grandiosen Klang bei meinen DVD - Abenden, dank der Installation einer Dolby Surround Anlage von „Teufel".

Wir trafen uns in unregelmäßigen Abständen zum Essen. Der Kontakt zu dem Jungen war für mich rein pragmatischer Natur, denn für gewöhnlich waren diese Treffen alles andere als interessant.

Meist erzählte er von irgendwelchen neuen Erfindungen aus dem Bereich der Unterhaltungstechnik oder anderen Nonsens, der mich herzlich wenig interessierte.

Vor einem halben Jahr hatte er mit einem Bekannten ein Handy - Geschäft aufgemacht und war voller Stolz, endlich sein eigener Herr zu sein. Der große finanzielle Erfolg hatte sich wohl noch nicht eingestellt, denn Peter trug immer noch die gleichen Klamotten, wie schon vor 4 Jahren und fuhr denselben, schrottreifen VW Fox.

An diesem Freitagabend pries er gerade das neue Samsung, irgendwas an. „Evolution", „Revolution", „Giga 2000". Keine Ahnung. Wie immer höre ich nur mit halbem Ohr zu, wenn er technische Details zum Besten gab.

„TFT Technology, Message Access Profile, Datenübertragung: GPRS, EDGE, HSDPA, Active Syn..."

Langweiliges Zeug. Da hätte ich auch gleich die Produktinformationen auf der Herstellerseite durchlesen können.

Mein Desinteresse konnte ich kaum verbergen aber als Servicemitarbeiter war ich auch ein guter Schauspieler und heuschelte mein Interesse durch gelegentliche „Ah, interessant" oder „sag bloß".

Hin und wieder ließ ich meinen Blick durch das urgemütlich eingerichtete Lokal schweifen. Ich betrachtete die schwungvoll gedrechselten Stuhl - und Tischbeine, das blau und weiße Tongeschirr auf den Wandregalen und die hübsch gemusterten Wandläufer, die Jagdmotive zeigten.

An den Wänden hingen die ewig gleichen Bilder von Santorin...weiß getünchte Lehmhäuser auf den Bergen und darunter das unendlich blaue Wasser. Ein Traum.

Die heiteren Klänge aus den Lautsprechern. Der gutgelaunte junge Kellner, der an unseren Tisch trat und fragte, ob es denn noch einen Quzo auf Haus oder ein Dessert sein dürfte.

Plötzlich hatte ich diese Eingebung. Da wollte ich hin. Griechenland. Ein Land mit reicher Tradition, voller pulsierendem Leben.

Ganz klar, dass ich diese Reise, welche sich gerade wie tausend Mosaiksteine in meiner Phantasie zusammen setzte, nicht allein zu unternehmen gedachte. Jede Reise, die ich plante, war stets mit einem Namen verbunden. Ingeborg!

Das Mädchen musste selbstverständlich mit. Ohne sie machte es einfach nur halb so viel Spaß.

„Du Peter, ich habe ganz vergessen, dass ich morgen zum Frühdienst im Hotel eingeteilt bin. Da kommt eine Reisegesellschaft aus Belgien. Sei du mal froh, dass du dein eigener Herr bist und nicht wie ich der Sklave seines Chefs."

Die Lüge war mir wunderbar glatt über die Lippen gegangen.

„Ach jetzt schon?“ maulte Peter „ ich dachte wir wollten noch ein Dessert bestellen. Die haben hier diesen Vanillepudding mit Honig und Joghurt.“

„Muss auf meine Figur achten“ rief ich lachend und strich mir über den Bauch. Bald würde ich den erwähnten Pudding direkt in einem Städtchen an der Ägäis geniessen, während Peter seinen Kunden den Unterschied zwischen Smartphone und Blackberry erklärte.

Ich sprang auf und zog mich hastig an. Der Ärmste sah mir mit traurigem Blick dabei zu und entnahm seiner Brieftasche einen zusammen geknüllten 20 Euro Schein.

„Na komm, lass mal stecken“ sprach ich mit einem Grinsen „ich mach das eben mit Karte.“

Ich beglich unsere Schuld, gab unserem freundlichen Kellner ein üppiges Trinkgeld und verließ das Lokal.

Zum Glück war der Weg nach Hause nicht all zu weit. Ich war voller Euphorie und konnte es kaum erwarten, Ingeborg in meine Pläne einzuweihen.

Ich wusste, wie begeisterungsfähig das Mädchen war. Deshalb fiel es mir leicht, ihre Freude vorzustellen.

Dieses Mal würden wir gemeinsam an unserem Griechenland - Trip basteln und die Bausteine zusammensetzen. Festland oder eine von den vielzähligen Inseln? Kreta oder Korfu? Kos oder ?

Welche Art der Unterbringung sollte es sein? Wieder Hotel oder zur Abwechslung mal ein Ferienhaus? Das konnte doch auch eine interessante Alternative darstellen. Gemeinsam kochen, der eigene Pool, kein Lärm im Foyer. Das müsste man gemeinsam abwägen.

Zu Hause angekommen zog ich mir fix Schuhe und Jacke aus, griff mir das schnurlose Telefon und warf mich auf mein Schlafzimmerbett. Ich wählte ihre Nummer und wartete bis sie abnahm.

„Dornenreich" meldete sich die Dame am anderen Ende der Leitung.

Ich hatte ein breites Grinsen im Gesicht, versuchte mir vorzustellen, wie Ingeborg gleich ausflippen würde vor Freude.

„Hi du, ich bin es" flötete ich ins Telefon „wie sieht es bei dir aus? Hast du im September eine Woche Zeit? Ich dachte dieses Mal fliegen wir nach Griechenland. Santorin, die Ägäis, blaues Wasser und weiße Strände. Das Wunder von Knossos, das Orakel von Delphi, antike Orte. Insel oder Festland? Du hast die Wahl."

Von Euphorie keine Spur, stattdessen langes Schweigen am Telefon.

Dann folgte der Satz aus ihrem Mund, der all meine Planungen über den Haufen warf.

„Ich habe jetzt einen festen Freund. Ich weiß nicht ob das mit dem gemeinsamen Reisen noch so eine gute Idee ist."

Nun hatte ich eine kurze Schweigepause nötig. Als ich mich endlich gefasst hatte, fiel mir nichts Besseres ein als:

„Echt? Ach so ja. Glückwünsch. Und wie läuft es so mit ihm?"

„Sehr gut. Danke. Er hat viel Sinn für Humor. Ein lustiger Typ."

Eher unbewusst und auch mehr zu mir knurrte ich: „Soso, ein lustiger Typ."

Ingeborg versuchte mich zu beschwichtigen.

„Ach nun sei doch nicht gleich eifersüchtig. Wir könnten doch auch mal etwas zu dritt unternehmen. Wird bestimmt lustig."

Was für ein armseliger Vorschlag. Ein einfaches Schweigen hätte mich weniger erniedrigt.

„Ja, super Idee. Das machen wir. Also dann, bis irgendwann einmal."

Damit legte ich auf und zog die Arme über der Brust zusammen.

´Was für ein Reinfall´ dachte ich.

Zwei Monate später fuhr ich, mit einer seltsamen Melancholie in den Eingeweiden, per Taxi zum Flughafen Bremen. Für die S - Bahn war es noch zu früh. Die Erste fuhr erst um 4.33 Uhr.

Ich hatte mich nach langem Abwägen für Kreta entschieden. Ausschlaggebend war vor allem die Nähe zur Insel Santorin, die mich schon seit einer halben Ewigkeit faszinierte.

Mittlerweile hatte ich meine alten Reisegewohnheiten wieder aufgenommen. Ich hatte mich im Vorfeld explizit auf das Reiseland vorbereitet und einige Bücher und Kartenmaterial geordert. Vom Beginn der minoischen Kultur bis zur Luftlandeschlacht von Kreta war ich bestens informiert.

Nur würde ich dieses Wissen mit niemand teilen können.

Diese Reise würde ich wieder ganz alleine antreten, so wie früher.

Was hätte ich auch tun sollen? Noch einmal eine Annonce schalten bei „Reisepartner gesucht"?

Ich hatte an Frau Deichhuber gedacht und ganz schnell verzichtet.

Wie dumm ich doch war.

Wie konnte ich nur das Offensichtliche nicht sehen?

Ingeborg und ich - das war einfach ein erstklassisches Gespann gewesen. Vielleicht nicht gerade das Harmonischste aber auf gar keinen Fall das Langweiligste.

Wir ergänzten einander.

Wo das Mädchen zu sehr „ausscherte", zügelte ich ihr Temperament und wo ich zu konservativ agierte, setzte sie die Reizpunkte.

Was hatten wir doch für Spaß miteinander gehabt. Klar waren wir ziemlich verschieden aber genau das hatte die Reibungspunkte verursacht, die das Miteinander abwechslungsreich und interessant gestaltet hatte.

All das hatte ich nicht gesehen oder schlicht ignoriert.

Ich bin mir sicher, dass Ingeborg es gesehen hatte. Vielleicht hatte sie einfach nur gewartet, auf das eine Zeichen von mir.

Nun hatte das Mädchen das Warten satt gehabt und sich den Erstbesten gegriffen, der das Glück hatte, in ihrer Nähe herumzulungern. Vielleicht der alleinerziehende Vater eines ihrer Schützlinge oder eine poplige Disko - Bekanntschaft. Es war mir zu mühselig, mir darüber den Kopf zu zerbrechen.

Das unsere Verbindung mittlerweile weit über eine Reisefreundschaft hinausging war ebenso ersichtlich. Keiner von uns hatte den Mut gehabt, sich selbst oder dem anderen das Offensichtliche einzugestehen.

Am Abend zuvor hatte ich meinen Reisekoffer gepackt. Als ich meine Boxershorts mit den Haien darauf in den Händen hielt, fiel mir wieder ein was wir damit in Ägypten für einen Spaß gehabt hatten.

Unsere gemeinsame Nacht im Bett eines afrikanischen Kellners. Unglaublich. Solche Geschichten würde mir kein Mensch jemals glauben. So etwas konnte man nur mit Ingeborg erleben.

Meine Duschhaube packte ich erst ein, dann wieder aus. Nicht das mich das Zimmermädchen noch für schwul hielt.

Natürlich war ich viel zu früh am Flughafen. Noch ganze drei Stunden bis zum Check Inn.

Ich schlenderte durch die Abflugzentrale, schaute den Fliegern beim Starten und Landen zu und nahm einen kleinen Imbiss zu mir.

Die Minuten verstrichen endlos langsam.

Ich ging noch einmal in den Zeitungsladen, in der Hoffnung, eine Zeitschriftaufmachung zu entdecken, die meine Aufmerksamkeit weckte. Irgendein spannendes Titelfoto, eine Headline, die mich inspirierte.

Ich blätterte in der jüngsten Ausgabe des GEO – Magazins. Auch nicht wirklich ergiebig, die Ausbeute des Heftchens.

Ich schaute auf und erschrak fast zu Tode.

Genau vor mir stand das Mädchen und grinste mich an.

„Oh mein Gott. Was machst du denn hier?" entfuhr es mir endlich.

„Wollte mir eine Zeitschrift kaufen."

„Und in Hildesheim haben alle Zeitungskioske geschlossen?" fragte ich schnippisch.

Ingeborg grinste wieder breit.

„Schon möglich."

Ich musterte sie argwöhnisch von Kopf bis Fuß, bemerkte die Reisetasche in ihrer linken Hand.

„Wie läufst mit deinem neuen Freund?"

Das Mädchen verzog kurz das Gesicht, antworte dann knapp:

„In den Wind geschossen."

„Einfach so."

„Ja, einfach so."

Wieder musterte ich sie von oben bis unten und konnte mir keinen Reim darauf machen, was gerade vor sich ging.

„Ist das ein Zufall, dass wir uns hier treffen?"

Sie schaute mich spitzbübisch an:

„Nö, an Zufälle glauben nur Esoteriker und Hausfrauen mit zu viel Zeit."

Ich blieb ernst.

„Also, wie kommt es dann?"

„Kommt was? Ach so. Du meinst, weshalb ich hier bin? Woher ich weiß, dass du heute nach Griechenland fliegst? Hm, deine Mutter ist recht geschwätzig nach einer halben Flasche Heidelbeerwein."

Sie grinste wieder und nun musste auch ich lächeln. Ich hatte verstanden.

„Also dann. Nach dir."

Ingeborg strich sich langsam ihre widerspenstigen Haare aus dem Gesicht, flüsterte:

„Hast du nicht etwas vergessen?"

Ich sah sie verständnislos an und das Mädchen seufzte leise.

Dann umarmte sie mich und gab mir einen langen Kuss, den ich völlig überwältigt von meinen Gefühlen erwiderte.

Ingeborg gab mir einen leichten Klapps auf den Hintern und rief:

„So, können wir dann oder willst du hier Wurzeln schlagen?"

ENDE

Zeitfracht Medien GmbH
Ferdinand-Jühlke-Straße 7
99095 Erfurt, Deutschland
produktsicherheit@kolibri360.de